EFFONDREMENTS

1

Didier RAMON

EFFONDREMENTS
1

Nouvelles

FSC
www.fsc.org
MIXTE
Papier issu
de sources
responsables
Paper from
responsible sources
FSC® C105338

www.didier.ramon.re
auteur@ramon.re

Édition : BoD · Books on Demand, 31 avenue Saint-Rémy, 57600 Forbach, bod@bod.fr
Impression : Libri Plureos GmbH, Friedensallee 273, 22763 Hamburg (Allemagne)

ISBN : 978-2-3225-6075-2
Dépôt légal : Mai 2025

SOMMAIRE

CENDRES ATOMIQUES.......... 9
L'ÉCHO DU SILENCE.......... 103
LES GARDIENS DE L'AUBE.......... 209
L'AUBE NOIRE.......... 249

"Les civilisations ne meurent pas assassinées. Elles se suicident." — Arnold Toynbee

"Derrière chaque civilisation qui s'effondre, se cache une erreur de pensée." — René Guénon

À mon épouse,

pour ton amour,

ta patience,

et ta présence dans chaque mot que j'écris.

CENDRES ATOMIQUES

Partie 1

Le ciel avait cette teinte particulière, entre le vert pâle et le gris cendré, que Gaëtan avait appris à associer aux jours de forte radiation. Cinq ans après la catastrophe, son corps était devenu un baromètre plus précis que le compteur Geiger qu'il portait en permanence à sa ceinture. Une légère nausée, des picotements dans la nuque, une douleur sourde derrière les yeux — autant de signaux d'alerte que son organisme lui envoyait.

Il rajusta son masque respiratoire, vérifia l'étanchéité de sa combinaison et s'accroupit derrière ce qui restait d'un muret de jardin. Le village de Neuvic-sur-l'Isle, autrefois paisible commune du Périgord, se dressait devant lui comme un squelette urbain aux contours fantomatiques. L'explosion de la centrale nucléaire de Blayais, à près de cent kilomètres de là, n'avait pas détruit directement la région, mais les vents avaient transporté le nuage radioactif jusqu'ici, transformant ce coin de paradis en zone d'exclusion.

Une chose bougea soudain dans sa périphérie visuelle. Gaëtan se figea. La mutation qu'il avait aperçue ressemblait vaguement à un renard, mais son corps était disproportionné, sa fourrure clairsemée laissait apparaître une peau couverte d'excroissances, et ses yeux... ses yeux étaient trop grands, trop brillants, trop conscients. La créature le fixa pendant quelques secondes qui lui parurent une éternité, puis disparut dans les ruines d'une maison effondrée.

"Encore un changeur," murmura-t-il pour lui-même, utilisant le terme que les rares survivants avaient adopté pour désigner les animaux mutés par les radiations.

Gaëtan consulta sa montre — un vieux modèle mécanique qui avait survécu à l'impulsion électromagnétique ayant accompagné les frappes nucléaires tactiques lors du conflit éclair entre les grandes puissances. Il lui restait trois heures de lumière, tout au plus. Juste assez pour atteindre l'ancien hôpital et vérifier s'il restait des médicaments exploitables dans les décombres.

Le craquement d'une branche le fit sursauter. Cette fois, ce n'était pas un animal. La silhouette humaine qui se découpait à contre-jour portait elle aussi une combinaison de protection, mais plus rudimentaire que la sienne. Un scavenger — un fouineur, comme on les appelait maintenant — probablement à la recherche de la même chose que lui : des ressources.

Gaëtan porta instinctivement la main à son couteau tactique. Les rencontres humaines étaient devenues plus dangereuses que celles avec les changeurs. La pénurie avait transformé l'entraide en méfiance, puis la méfiance en hostilité. Il observa l'inconnu rôder entre les bâtiments, ramasser quelque chose au sol, l'examiner puis le jeter.

À sa démarche, Gaëtan devina que l'étranger était épuisé, peut-être blessé.

Un dilemme familier se présenta à lui : éviter tout contact ou proposer son aide ? L'expérience lui avait appris la prudence, mais quelque chose dans la démarche de cet inconnu éveillait sa compassion. Un reste d'humanité qu'il n'avait pas encore réussi à étouffer, malgré tous ses efforts.

Le scavenger trébucha soudain et s'effondra. Gaëtan compta jusqu'à cent, observant si c'était un piège. L'étranger ne bougeait toujours pas. Avec un juron étouffé, il quitta l'abri du muret et s'approcha prudemment, tous les sens en alerte.

En s'approchant, il remarqua que la combinaison de protection de l'inconnu présentait une déchirure au niveau de la jambe. Une blessure mal protégée, exposée à l'environnement radioactif... Ce n'était pas bon. Pas bon du tout.

"Hé," dit-il, gardant une distance de sécurité. "Tu m'entends ?"

La silhouette remua faiblement. Gaëtan s'accroupit et retourna délicatement le corps. Le masque à gaz artisanal cachait le visage, mais il distingua deux yeux écarquillés par la peur et la douleur.

"Je vais t'aider," dit-il, surpris par ses propres paroles. "Je connais un abri sûr à deux kilomètres d'ici."

Les yeux le fixèrent avec méfiance, puis l'inconnu hocha imperceptiblement la tête. Gaëtan l'aida à se relever. En le soutenant, il sentit que son corps était frêle sous l'épaisseur des vêtements de protection.

"Tu as un nom ?" demanda Gaëtan.

Une voix étouffée par le masque lui répondit : "Élise."

Une femme. Cela faisait des mois qu'il n'avait pas rencontré de femme survivante. Elles étaient devenues aussi rares que les zones non contaminées.

"Je m'appelle Gaëtan. Accroche-toi à moi. On va sortir de cette zone avant la nuit."

Ils avancèrent péniblement dans le paysage désolé. Autour d'eux, une nature méconnaissable avait repris ses droits : des vignes sauvages aux feuilles anormalement grandes s'enroulaient autour des lampadaires tordus, des champignons phosphorescents jaillissaient des fissures dans le bitume, et des arbres aux troncs noueux et aux branches contorsionnées formaient une canopée hallucinante.

"C'est beau, d'une certaine façon," murmura Élise à travers son masque.

Gaëtan ne répondit pas immédiatement. Il n'avait jamais considéré ce nouveau monde comme "beau". Dangereux, oui. Étrange, certainement. Mais beau ?

"C'est mortel, surtout," dit-il finalement. "Ne te fie pas aux apparences."

"Je sais," répondit-elle. "Mais nier la beauté ne rend pas le danger moins réel."

Cette réflexion le prit au dépourvu. C'était exactement le genre de chose que Claire, sa femme, aurait pu dire. Claire, qui avait succombé aux radiations la première année, tout comme leurs deux enfants. La douleur familière contracta sa poitrine.

En approchant de la lisière du village, Gaëtan aperçut la silhouette inquiétante d'une ancienne école primaire. Le bâtiment tenait encore debout, miraculeusement épargné par les éléments. C'était là qu'il avait établi son camp temporaire.

"On y est presque," dit-il. "Tu peux tenir encore un peu ?"

Élise acquiesça faiblement. Sa respiration était de plus en plus laborieuse, et Gaëtan craignait qu'elle n'ait inhalé des particules radioactives. Si c'était le cas, il ne pourrait pas faire grand-chose pour elle. Les médicaments anti-radiation étaient devenus aussi précieux que l'eau potable.

Le soleil déclinait rapidement, projetant des ombres démesurées sur le paysage dévasté. Les nuits étaient particulièrement dangereuses — non seulement à cause des changeurs nocturnes, mais aussi parce que certaines plantes mutantes libéraient des spores toxiques dans l'obscurité.

Ils atteignirent enfin l'entrée condamnée de l'école. Gaëtan déplaça soigneusement les planches qui masquaient l'accès à son refuge, aida Élise à se glisser à l'intérieur, puis remit les barricades en place.

À l'intérieur, l'air était plus respirable. Il avait installé un système de filtration rudimentaire et la structure intacte du bâtiment offrait une protection relative contre les particules en suspension. Gaëtan aida Élise à s'asseoir contre un mur, puis alluma une lampe à huile qui diffusa une lumière chaude dans ce qui avait été autrefois une salle de classe.

"Tu peux enlever ton masque ici," dit-il en retirant le sien. "Pas longtemps, juste pour reprendre ton souffle. L'air est filtré."

Élise hésita, puis défit lentement les attaches de son masque. Le visage qui apparut surprit Gaëtan. Malgré la crasse et l'épuisement évident, elle était jeune, peut-être la trentaine, avec des traits fins et des yeux d'un bleu intense qui semblaient absorber la lumière. Une cicatrice courait le long de sa joue gauche, vestige d'un passé violent dont il ne connaissait rien.

"Merci," dit-elle simplement. "J'étais perdue. Mon groupe... nous avons été séparés lors d'une tempête radioactive il y a trois jours. Je les cherchais."

Gaëtan hocha la tête sans poser de questions. Les alliances entre survivants étaient aussi fragiles que nécessaires. Les groupes se formaient et se dissolvaient au gré des circonstances, des ressources disponibles, des trahisons.

"Tu es blessée," constata-t-il en désignant sa jambe. "Il faut nettoyer ça avant que ça ne s'infecte."

Il sortit d'un sac à dos usé une trousse de premiers soins, vestige précieux de l'ancien monde. Les antiseptiques et les antibiotiques étaient rationnés comme des trésors. Chaque goutte comptait.

"Je peux ?" demanda-t-il en désignant sa jambe.

Élise acquiesça, et il entreprit délicatement de découper le tissu autour de la blessure. C'était une entaille profonde, probablement causée par du métal rouillé ou du verre brisé.

"Comment c'est arrivé ?" demanda-t-il tout en nettoyant la plaie.

"Une embuscade, à quinze kilomètres d'ici. Un groupe de pillards. Ils ont tué deux des nôtres avant qu'on puisse s'échapper." Sa voix était détachée, comme si elle relatait un événement banal.

Gaëtan n'insista pas. La violence était devenue une constante de ce nouveau monde. Il appliqua un antiseptique sur la blessure, provoquant un sifflement de douleur chez Élise, puis la banda soigneusement.

"Tu as de la chance," dit-il. "Ça n'a pas touché d'artère, et ça ne semble pas infecté. Mais il faut surveiller. Les bactéries aussi ont muté."

Un silence s'installa entre eux, ponctué seulement par le bruit du vent qui s'infiltrait à travers les fissures du bâtiment. Gaëtan se leva et alla vérifier les barricades des fenêtres, une habitude née de la paranoïa justifiée qui avait assuré sa survie jusqu'ici.

"Tu vis seul," dit Élise. Ce n'était pas une question.

Gaëtan se figea un instant, le dos tourné. Les souvenirs affluèrent, aussi vifs que douloureux. Claire, souriante, préparant le dîner dans leur cuisine ensoleillée. Léo, six ans, jouant au foot dans le jardin. Emma, quatre ans, dessinant des formes imaginaires avec ses crayons colorés.

"Oui," répondit-il simplement. "C'est plus simple comme ça."

"Personne ne survit seul très longtemps," observa-t-elle.

"Je suis toujours là," répliqua-t-il plus sèchement qu'il ne l'aurait voulu.

Élise n'insista pas. Elle fouilla dans sa propre sacoche et en sortit une barre protéinée, vestiges des rations militaires distribuées dans les premiers temps après la catastrophe. Elle la cassa en deux et lui en tendit la moitié.

"Je ne peux pas accepter," dit Gaëtan. "Tu en as plus besoin que moi."

"Ce n'est pas de la charité," répondit-elle fermement. "C'est un échange. Tu m'as soignée, je partage ma nourriture. C'est comme ça que ça marche maintenant, non ?"

Gaëtan hésita, puis accepta la moitié de la barre. Le goût synthétique lui rappela les premiers jours après l'effondrement, quand les survivants s'entassaient dans des camps de fortune, attendant une aide gouvernementale qui n'était jamais vraiment venue.

Dehors, le vent se mit à hurler, comme animé d'une conscience malveillante. Les tempêtes nocturnes apportaient souvent des pics de radiation. Gaëtan savait qu'ils étaient piégés ici jusqu'au matin.

"Tu devrais dormir," dit-il à Élise. "Je prendrai le premier tour de garde."

Elle hocha la tête, visiblement épuisée, mais ses yeux restaient méfiants. La confiance était un luxe que personne ne pouvait se permettre de gaspiller.

"Je ne vais pas te voler tes affaires ni te trancher la gorge dans ton sommeil," ajouta Gaëtan avec un petit sourire désabusé. "Ça ne me servirait à rien."

"Ce n'est pas ça," répondit-elle. "C'est juste que... dormir, c'est comme... baisser sa garde. Je n'ai pas baissé ma garde depuis très longtemps."

Gaëtan comprenait. Les cauchemars étaient souvent pires que la réalité, et c'était dire quelque chose.

"Je monterai la garde," promit-il. "Dors. Demain, on cherchera ton groupe."

Élise finit par s'allonger sur une couverture de survie, le dos contre le mur, une main toujours proche de ce que Gaëtan devinait être une arme cachée dans ses vêtements. Il respectait cette prudence — c'était la même qui l'avait maintenu en vie.

Alors qu'il s'installait près de la fenêtre, scrutant l'obscurité à travers une fente dans les planches, Gaëtan réalisa qu'il venait de parler plus en quelques heures qu'en plusieurs mois. La solitude, qu'il s'était imposée comme une protection, lui apparut soudain sous un jour différent, comme un poison à action lente qui le consumait de l'intérieur.

Il jeta un regard vers Élise, dont la respiration s'était apaisée dans le sommeil. Pour la première fois depuis longtemps, il n'était plus seul face à ce monde dévasté. Et cette pensée, aussi dangereuse soit-elle, lui apporta un étrange réconfort.

Dehors, une lueur verdâtre illumina brièvement le ciel nocturne, accompagnée d'un grondement sourd. Une aurore radioactive, phénomène inquiétant devenu courant depuis la catastrophe. Gaëtan resserra sa main sur son couteau et attendit que la nuit passe, bercé par le souffle régulier d'Élise et les hurlements du vent toxique.

Partie 2

L'aube se levait paresseusement, teintant le ciel d'un rose malsain. Gaëtan n'avait pas dormi. Les nuits de veille étaient devenues une seconde nature, un rituel qui maintenait à distance les fantômes du passé. Il observa Élise qui dormait encore, recroquevillée sur elle-même comme un animal aux aguets même dans son sommeil. Sa respiration semblait moins laborieuse que la veille, ce qui était bon signe.

En attendant son réveil, Gaëtan sortit de son sac un petit carnet à la couverture élimée. C'était le journal de Claire, sa femme. Il l'avait trouvé dans les ruines de leur maison lorsqu'il était retourné y chercher des objets utiles, trois mois après l'évacuation d'urgence. À l'époque, il n'avait pas encore compris que "évacuation temporaire" signifiait en réalité "exil permanent".

17 mars - Les nouvelles sont contradictoires. Les autorités parlent d'un incident maîtrisé, mais les réseaux sociaux sont remplis de vidéos inquiétantes. Gaëtan dit que ce n'est probablement rien de grave, mais j'ai préparé un sac d'urgence pour les enfants, au cas où...

Gaëtan passa plusieurs pages. Ces mots ravivaient trop douloureusement sa propre naïveté d'alors. Comme tant d'autres, il avait cru aux communiqués rassurants, aux promesses de retour à la normale.

22 mars - Les militaires nous ont ordonné de quitter la ville. Nous sommes dans un gymnase à Périgueux avec des centaines d'autres. Les enfants sont terrifiés, mais Gaëtan leur raconte des histoires pour les distraire. Il est si fort, toujours. Je ne sais pas comment il fait. J'ai peur qu'il s'effondre quand nous ne regarderons pas.

Un mouvement attira son attention. Élise s'éveillait, grimaçant lorsqu'elle tenta de bouger sa jambe blessée. Gaëtan rangea précipitamment le journal.

"Bien dormi ?" demanda-t-il, conscient de l'absurdité de cette question dans leur situation.

"Mieux que je ne l'espérais," répondit-elle en se redressant. "Tu n'as pas dormi."

Ce n'était pas une question. Gaëtan haussa les épaules.

"Je n'en ai pas besoin."

"Tout le monde a besoin de dormir," dit-elle doucement. "Même les fantômes comme nous."

Cette remarque le frappa par sa justesse. Des fantômes — c'était exactement ce qu'ils étaient. Des résidus du monde d'avant, errant dans les ruines de la civilisation.

"Comment va ta jambe ?" demanda-t-il pour changer de sujet.

"Elle tiendra," dit-elle simplement en vérifiant le bandage. "J'ai connu pire."

Gaëtan hocha la tête. Il n'en doutait pas. Survivre dans ce monde nécessitait une tolérance à la douleur que peu possédaient avant la catastrophe.

"On devrait se mettre en route," dit-il. "Tu as parlé d'un groupe ? Dans quelle direction devrions-nous chercher ?"

Élise sembla hésiter, un conflit intérieur se lisant sur son visage.

"Nord-est," dit-elle finalement. "Nous avons un point de ralliement au barrage de Mauzac. S'ils sont encore en vie, c'est là qu'ils iront."

"Mauzac ? C'est à une journée de marche, au moins. Et la zone entre ici et là-bas est fortement contaminée."

"Tu n'es pas obligé de venir," répondit-elle, un défi dans le regard. "Je ne t'ai rien demandé."

Gaëtan se surprit à sourire. Cette combativité lui rappelait Claire, toujours prête à l'affronter quand il devenait trop protecteur.

"Je n'ai pas dit que je ne venais pas," précisa-t-il. "Juste que ce sera dangereux. Il nous faut un plan, des itinéraires alternatifs si on rencontre des zones trop irradiées. Et il faut économiser l'autonomie de nos filtres à air."

Élise l'observa avec un mélange de surprise et de méfiance.

"Pourquoi m'aiderais-tu ? Tu ne me connais pas."

La question était légitime. Dans ce monde nouveau, l'altruisme était généralement soit une façade pour une trahison future, soit une faiblesse mortelle.

"Je ne sais pas," répondit-il honnêtement. "Peut-être que j'en ai assez de ne parler qu'aux murs. Ou peut-être que j'essaie de me racheter pour... d'autres occasions où je n'ai pas aidé quand j'aurais pu."

Il ne s'attendait pas à formuler cette dernière partie à voix haute. Les mots avaient jailli, portant avec eux le poids de la culpabilité qu'il portait depuis des années.

Le soleil était déjà haut quand ils quittèrent l'abri de l'école. Gaëtan avait partagé avec Élise ses maigres provisions — quelques conserves, des barres énergétiques et, le plus précieux, deux litres d'eau purifiée. Elle avait protesté, mais il avait insisté : pour le voyage jusqu'à Mauzac, ils auraient besoin de toutes leurs forces.

Ils progressaient lentement, Élise boitant malgré ses efforts pour cacher sa douleur. Le paysage autour d'eux témoignait de la transformation radicale que les radiations avaient imposée à la nature. Des plantes aux formes impossibles poussaient à travers le béton fissuré de l'ancienne route départementale. Des vignes luminescentes s'enroulaient autour des carcasses rouillées de voitures abandonnées. Au loin, une forêt arborait des teintes bleutées et violacées qui n'existaient pas dans le monde d'avant.

"C'est la troisième génération de mutations," expliqua Gaëtan, remarquant le regard d'Élise sur les plantes étranges. "La première a tout tué. La deuxième était difforme et fragile. Celle-ci... elle s'adapte. Elle prospère. Parfois je me demande si la Terre n'attendait pas que nous disparaissions pour réinventer la vie."

"Tu crois qu'on va disparaître ?" demanda Élise.

Gaëtan réfléchit un instant.

"Je crois que l'humanité telle que nous la connaissions a déjà disparu. Ce qui reste... c'est autre chose. Une transition, peut-être. Vers quoi, je ne sais pas."

Ils marchèrent en silence pendant un moment, économisant leur souffle et l'énergie de leurs filtres respiratoires. Le compteur Geiger à la ceinture de Gaëtan émettait un crépitement régulier, mais pas alarmant. Ils étaient dans une zone moyennement contaminée, supportable pour quelques heures d'exposition.

"Tu faisais quoi, avant ?" demanda soudain Élise, brisant le silence.

La question le prit au dépourvu. Rares étaient ceux qui s'intéressaient encore au "avant" — c'était trop douloureux, trop inutile.

"J'étais ingénieur en environnement," répondit-il après une hésitation. "Ironie du sort, je travaillais sur des solutions de décontamination des sols après des accidents industriels."

Un rire amer lui échappa.

"Et maintenant, me voilà, marchant dans le plus grand site contaminé de l'histoire européenne. Je devrais mettre mon CV à jour."

Élise sourit faiblement à cette tentative d'humour noir.

"Et toi ?" demanda-t-il.

"Infirmière aux urgences," dit-elle. "Ce qui s'est avéré utile, je suppose."

Gaëtan hocha la tête. Certaines compétences traversaient les âges et les catastrophes. Soigner, construire, réparer — c'était ce qui restait quand tout le superflu avait été balayé.

Ils approchaient d'un village dont Gaëtan avait oublié le nom. Les panneaux routiers avaient depuis longtemps été récupérés pour renforcer des abris ou fabriquer des armes improvisées.

"On devrait l'éviter," dit-il en désignant le village. "Les lieux habités sont souvent des pièges, soit à cause des radiations concentrées, soit à cause d'autres survivants."

"Ou on pourrait y trouver des médicaments, des conserves..." suggéra Élise.

"Trop risqué. Les endroits évidents ont été pillés il y a des années."

Mais même en prononçant ces mots, Gaëtan se surprit à hésiter. Il avait établi des règles strictes pour sa survie, et les suivre religieusement lui avait permis de rester en vie quand tant d'autres avaient succombé. Dévier de ces règles pour quelqu'un qu'il connaissait à peine était irrationnel.

Pourtant, quelque chose chez Élise éveillait en lui un sentiment qu'il croyait mort depuis longtemps : l'espoir. L'espoir absurde, illogique, que peut-être, juste peut-être, ce monde brisé contenait encore des fragments à rassembler.

"D'accord," céda-t-il finalement. "On va jeter un œil, mais rapidement. Au premier signe de danger, on part. Sans discuter."

Élise acquiesça, une lueur de victoire dans le regard.

Ils s'approchèrent prudemment du village, choisissant un chemin qui les menait à travers un petit bois pour rester à couvert. Les arbres ici avaient développé une écorce épaisse et squameuse, comme si la nature avait créé sa propre version d'une combinaison de protection.

À la lisière du bois, ils s'accroupirent pour observer le village. Une cinquantaine de maisons, une église, une place centrale... Un village typique de la région, désormais abandonné. Aucun mouvement visible, mais cela ne signifiait rien. Le danger pouvait prendre de nombreuses formes.

"On se concentre sur la pharmacie si elle existe encore, et le petit supermarché," murmura Gaëtan. "On entre, on prend ce qui est utile, on sort. Quinze minutes maximum."

Élise hocha la tête. Ils attendirent encore quelques minutes, scrutant le moindre mouvement, puis s'avancèrent à découvert, traversant rapidement la route principale pour se faufiler entre les bâtiments.

La pharmacie était dans un état surprenant de préservation, sa croix verte encore visible bien que ternie par le temps et les intempéries. La porte avait été fracturée depuis longtemps, mais Gaëtan fut étonné de constater que de nombreuses étagères contenaient encore des boîtes et des flacons.

"Les gens ont pris les antidouleurs et les antibiotiques en premier," expliqua Élise en examinant les étagères. "Ils ont laissé beaucoup de choses utiles."

Elle sélectionnait avec expertise différents médicaments, les examinant à la lumière filtrée qui pénétrait par les fenêtres sales.

"Certains sont encore bons," dit-elle en glissant plusieurs boîtes dans son sac. "Les dates de péremption sont souvent très conservatrices."

Gaëtan montait la garde près de l'entrée, son compteur Geiger émettant un crépitement légèrement plus insistant. Quelque chose dans ce village le mettait mal à l'aise, mais il n'arrivait pas à identifier quoi.

"Dépêche-toi," dit-il à Élise. "On a déjà passé huit minutes ici."

Elle acquiesça, fourrant une dernière poignée de médicaments dans son sac avant de le rejoindre à l'entrée.

"Le supermarché maintenant ?" suggéra-t-elle.

Gaëtan hésita. Son instinct lui criait de partir, mais ils avaient fait tout ce chemin...

"D'accord, mais on fait vite."

Ils traversèrent la place centrale, déserte et envahie par une végétation aux teintes iridescentes. Le supermarché se dressait de l'autre côté, ses grandes vitres brisées depuis longtemps.

C'est alors que Gaëtan comprit ce qui le dérangeait. Le silence. Un silence total, pas même le chant d'un oiseau mutant ou le bruissement du vent dans les plantes étranges. Comme si la nature elle-même retenait son souffle.

"Élise, on devrait—"

Il n'eut pas le temps de finir sa phrase. Une détonation retentit, suivie immédiatement du sifflement caractéristique d'une balle passant près de son oreille. Par réflexe, il poussa Élise derrière une fontaine en pierre, la seule protection disponible sur la place.

"Sniper," murmura-t-il, son cœur battant à tout rompre. "Sur le clocher de l'église, je pense."

Élise, le souffle court, hocha la tête. Ils étaient piégés, exposés, sans issue évidente.

"Pourquoi ne pas avoir tiré pour tuer ?" chuchota-t-elle.

C'était une bonne question. Un sniper compétent n'aurait pas dû les manquer à cette distance.

"Ils veulent nous capturer vivants," répondit Gaëtan, une sueur froide coulant le long de son dos. "Probablement les Fils de Prométhée."

Élise pâlit visiblement à la mention de ce nom. Les Fils de Prométhée, une secte née après la catastrophe, croyait que les radiations étaient un don divin, une purification nécessaire pour transformer l'humanité. Ils capturaient des survivants pour les exposer à des doses contrôlées de radiation, observant les mutations qui en résultaient comme d'autres observeraient une expérience scientifique ou un rituel religieux.

"Il faut qu'on bouge," dit Gaëtan, analysant frénétiquement leurs options. "Vers les bâtiments à l'est. Si on se sépare, on augmente nos chances."

Élise secoua vigoureusement la tête.

"Non. On reste ensemble. Je ne pourrai pas courir assez vite avec ma jambe, et tu le sais."

Elle avait raison, bien sûr. Mais rester ici revenait à attendre que les Fils les encerclent.

"J'ai une idée," dit soudain Élise. Elle fouilla dans son sac et en sortit un petit objet métallique que Gaëtan ne reconnut pas immédiatement.

"Grenade aveuglante. Mon groupe en a récupéré dans un ancien dépôt militaire."

Les yeux de Gaëtan s'élargirent de surprise. Ces objets étaient rares et précieux.

"Ça ne nous donnera que quelques secondes," prévint-il.

"C'est tout ce dont on a besoin," répliqua-t-elle. "À mon signal, cours vers ce bâtiment en briques rouges, là-bas. Il semble avoir un passage arrière."

Gaëtan acquiesça, impressionné par son sang-froid. Élise dégoupilla la grenade, attendit un battement, puis la lança en direction du clocher. La détonation fut suivie d'un flash aveuglant et d'un son assourdissant.

"Maintenant !" cria-t-elle, et ils s'élancèrent à travers la place, zigzaguant pour compliquer la visée du tireur.

Gaëtan atteignit le bâtiment en premier et se retourna pour voir Élise qui boitait désespérément, encore trop exposée. Sans réfléchir, il revint sur ses pas, l'attrapa par la taille et la porta pratiquement jusqu'à l'abri relatif du mur en briques.

Des coups de feu éclatèrent autour d'eux, mais étonnamment imprécis. La grenade avait fait son effet.

Ils se précipitèrent à l'intérieur du bâtiment, une ancienne boulangerie à en juger par les vestiges de comptoirs et de fours. Comme Élise l'avait prédit, une porte arrière donnait sur une ruelle étroite.

"Par là," dit Gaëtan, guidant Élise qui boitait de plus en plus. Sa blessure s'était probablement rouverte dans leur course.

Ils s'enfoncèrent dans un dédale de ruelles, mettant autant de distance que possible entre eux et leurs poursuivants. Les voix et les cris de leurs assaillants s'estompèrent progressivement, mais ils ne ralentirent pas.

Ce n'est qu'après avoir atteint la périphérie du village, à l'abri dans un petit bois, qu'ils s'autorisèrent enfin à s'arrêter pour reprendre leur souffle.

"Comment savais-tu pour la porte arrière ?" demanda Gaëtan entre deux respirations laborieuses.

Élise, adossée à un arbre, la main pressée contre sa jambe ensanglantée, mit un moment à répondre.

"Tous les villages de cette région ont à peu près la même architecture. Les commerces du centre ont souvent des accès arrière pour les livraisons."

Gaëtan la fixa, pas tout à fait convaincu par cette explication. Il y avait quelque chose d'autre dans sa connaissance du village, quelque chose qu'elle ne disait pas. Mais ce n'était pas le moment d'insister. Il s'agenouilla pour examiner sa blessure.

"Il faut refaire le bandage," dit-il. "Tu saignes beaucoup."

Elle acquiesça silencieusement, son visage crispé par la douleur.

Tandis qu'il nettoyait et pansait la blessure avec les fournitures médicales fraîchement acquises, Gaëtan se surprit à revivre un souvenir similaire, enfoui sous des années de traumatismes.

*****

Cinq ans plus tôt.

"Tiens bon, Emma," murmurait Gaëtan, nettoyant la coupure sur le genou de sa fille. "Papa va arranger ça."

La petite fille de quatre ans mordillait sa lèvre inférieure pour ne pas pleurer, ses grands yeux fixés sur son père avec une confiance absolue. Ils étaient dans le gymnase transformé en centre d'évacuation, entourés de centaines d'autres familles déplacées. L'air était lourd, chargé d'anxiété et de désespoir mal dissimulé.

"Ça fait mal," dit doucement Emma.

"Je sais, ma puce. Mais tu es courageuse, hein ? Comme les princesses guerrières dans tes histoires."

Un sourire tremblotant apparut sur le visage de l'enfant.

"Comme Mulan ?"

"Exactement comme Mulan," confirma Gaëtan. "Et regarde, j'ai presque fini."

Il appliqua délicatement un pansement sur la blessure, puis déposa un baiser sur le genou de sa fille.

"Voilà. Guéri par le baiser magique de Papa."

Emma gloussa, momentanément distraite de la situation chaotique qui les entourait. Claire s'approcha, Léo endormi contre son épaule.

"Comment va notre cascadeuse ?" demanda-t-elle avec un sourire forcé.

"Elle survivra," répondit Gaëtan. "Comment va Léo ?"

"Fiévreux," dit Claire, l'inquiétude assombrissant son regard. "Les médecins disent que c'est probablement juste un rhume, mais avec tous ces gens entassés ici..."

Elle ne termina pas sa phrase, mais Gaëtan comprit. Les maladies se propageaient rapidement dans ces conditions. Et les médicaments commençaient déjà à manquer.

"J'ai entendu dire qu'un nouveau convoi arrivait demain," dit-il pour la rassurer. "Avec plus de fournitures médicales."

Claire hocha la tête, mais ses yeux disaient qu'elle n'y croyait pas vraiment. Les promesses des autorités sonnaient de plus en plus creux à mesure que les jours passaient.

Un militaire passa près d'eux, distribuant des rations. Gaëtan se leva pour en récupérer pour sa famille. C'était toujours la même chose : barres énergétiques, conserves, eau en bouteille. À peine suffisant pour tenir une journée.

"Quand est-ce qu'on rentre à la maison ?" demanda Emma lorsqu'il revint.

Le cœur de Gaëtan se serra. Comment expliquer à une enfant de quatre ans que leur maison se trouvait désormais dans une zone que les autorités appelaient "temporairement inhabitable" ? Comment lui dire que cette "temporalité" pourrait s'étendre sur des décennies ?

"Bientôt, ma puce," mentit-il. "Dès que les docteurs auront nettoyé l'air dehors."

Emma accepta cette explication avec la foi innocente de l'enfance. Claire, elle, détourna le regard, les larmes aux yeux.

Cette nuit-là, alors que les enfants dormaient enfin, blottis sur un matelas de fortune, Claire et Gaëtan parlèrent à voix basse.

"Ils ne nous disent pas tout," chuchota Claire. "J'ai entendu un médecin parler avec un militaire. La situation est bien pire qu'ils ne l'admettent."

Gaëtan soupira. Son métier d'ingénieur environnemental lui donnait une compréhension plus claire de ce qui se passait. Les radiations émises par l'explosion de la centrale nucléaire de Blayais étaient massives, bien au-delà de ce que les médias rapportaient.

"Je sais," admit-il. "Mais que veux-tu faire ? On ne peut pas partir d'ici sans autorisation. Et même si on pouvait, où irions-nous ?"

Claire prit sa main dans la sienne, la serrant fort.

"On trouvera. Pour les enfants, on trouvera."

Gaëtan voulait la croire. Il voulait être l'homme qu'elle croyait qu'il était — fort, résolu, capable de protéger sa famille contre n'importe quelle menace.

Mais au fond de lui, la peur grandissait, insidieuse. La peur de ne pas être à la hauteur. La peur d'échouer à sauver ceux qu'il aimait le plus au monde.

*****

"Gaëtan ?"

La voix d'Élise le ramena brutalement au présent. Elle l'observait avec curiosité, son bandage maintenant changé.

"Désolé," dit-il. "J'étais... ailleurs."

"Je vois ça," dit-elle doucement. "Tu avais ce regard. Celui que nous avons tous parfois, quand le passé nous rattrape."

Gaëtan rangea méthodiquement les fournitures médicales dans son sac, évitant son regard.

"On devrait continuer," dit-il. "Les Fils ne vont pas abandonner si facilement. Ils croient que nous sommes... des catalyseurs, des porteurs de mutations précieuses."

Élise frissonna visiblement.

"J'ai rencontré certaines de leurs victimes," murmura-t-elle. "Ce qu'ils leur ont fait... aucun être humain ne mérite ça."

Gaëtan l'aida à se relever, soutenant une partie de son poids alors qu'elle testait sa jambe.

"Tu peux marcher ?"

Elle acquiesça, grimaçant légèrement.

"Ça ira. J'ai connu pire, je te l'ai dit."

Ils reprirent leur route, évitant les chemins évidents, s'enfonçant plus profondément dans la campagne transformée. Le soleil entamait sa descente vers l'horizon, projetant une lumière dorée sur le paysage muté, lui conférant une beauté alien et mélancolique.

Gaëtan réalisa qu'il observait ce monde différemment en présence d'Élise. Seul, il n'y voyait que danger et désolation. Avec elle, il commençait à percevoir autre chose — une étrange renaissance, un nouveau commencement pour la vie elle-même, si ce n'était pour l'humanité.

"Pourquoi restes-tu avec moi ?" demanda soudain Élise. "Tu pourrais avancer plus vite seul. J'aurais pu rejoindre mon groupe par mes propres moyens."

La question était franche, directe, sans l'habituel vernis de politesse qui avait autrefois régi les interactions humaines.

Gaëtan réfléchit un moment avant de répondre, cherchant lui-même à comprendre ses motivations.

"Peut-être que je suis fatigué d'être seul," dit-il finalement. "Ou peut-être que j'ai besoin de me rappeler pourquoi survivre a encore un sens."

Élise le fixa intensément, comme si elle cherchait à lire au-delà de ses paroles.

"Et qu'as-tu trouvé ? Un sens à tout ça ?"

Gaëtan observa l'horizon, où les ruines d'un autre village se découpaient contre le ciel rougeoyant.

"Pas encore," admit-il. "Mais pour la première fois depuis longtemps, j'ai envie de chercher."

Cette réponse sembla satisfaire Élise, qui hocha silencieusement la tête. Ils continuèrent à marcher côte à côte, deux silhouettes solitaires dans un monde transformé, liées par une fragile promesse d'humanité partagée.

Le soleil descendait inexorablement, et avec lui venait la dangereuse beauté de la nuit radioactive et ses aurores verdâtres qui, comme un cruel rappel, illuminaient les cendres de leur civilisation perdue.

Partie 3

La nuit était tombée lorsqu'ils atteignirent les ruines d'une ancienne ferme, suffisamment isolée pour leur offrir un abri temporaire. La structure principale s'était effondrée, mais une dépendance en pierre tenait encore debout, son toit partiellement intact. C'était plus que ce que la plupart des survivants pouvaient espérer trouver.

"On devrait pouvoir passer la nuit ici," dit Gaëtan, balayant l'intérieur de sa lampe à LED — une de ses possessions les plus précieuses, alimentée par un petit panneau solaire qu'il portait fixé à son sac à dos.

Élise s'effondra sur une caisse renversée, épuisée. Sa jambe avait visiblement empiré au cours de leur marche forcée. Le bandage était de nouveau taché de sang.

"Tu es sûr qu'ils ne nous ont pas suivis ?" demanda-t-elle, le souffle court.

"Aussi sûr que possible," répondit Gaëtan. "J'ai brouillé nos traces plusieurs fois. Et l'orage radioactif qui approche devrait effacer le reste."

Il désigna l'horizon où s'amoncelaient des nuages d'un vert malsain, illuminés de l'intérieur par d'occasionnels éclairs violacés. Les tempêtes radioactives étaient l'une des manifestations les plus terrifiantes de ce nouveau monde — des phénomènes météorologiques chargés de particules radioactives, capables de tuer en quelques minutes quiconque s'y exposait sans protection.

"Il faut consolider cet abri," dit-il, examinant les murs fissurés. "La pierre nous protègera des radiations, mais il y a trop de trous."

Ils travaillèrent ensemble, en silence, colmatant les fissures avec des débris et des bâches trouvées dans les décombres. Gaëtan admirait l'efficacité d'Élise malgré sa blessure. Elle se déplaçait avec l'économie de mouvements caractéristique de ceux qui ont appris que chaque geste superflu pouvait coûter de l'énergie précieuse... ou la vie.

Une fois l'abri sécurisé, Gaëtan alluma un petit réchaud à alcool — un autre luxe dans ce monde dévasté. La chaleur était minimale, mais suffisante pour réchauffer une boîte de ragoût, leur premier vrai repas de la journée.

"C'est presque comme au restaurant," plaisanta faiblement Élise en acceptant sa portion.

Gaëtan sourit. L'humour, même dérisoire, était une autre forme de survie.

"Je t'avoue que le service laisse à désirer," répondit-il. "Et le chef n'a qu'un menu très limité."

Ils mangèrent en silence, savourant chaque bouchée de ce festin improbable. Dehors, le vent commençait à hurler, annonçant l'arrivée imminente de la tempête.

"Comment vous vous êtes rencontrés, ton groupe et toi ?" demanda finalement Gaëtan, brisant le silence.

Élise prit son temps pour répondre, comme si elle pesait soigneusement ses mots.

"La plupart d'entre nous étaient à l'hôpital de Bergerac quand... quand c'est arrivé. J'y travaillais comme infirmière, je te l'ai dit. Au début, on a essayé de maintenir l'hôpital en fonction, même sans électricité, même quand les premiers malades des radiations ont commencé à affluer."

Elle fixa les flammes vacillantes du réchaud, son regard se perdant dans le passé.

"On a tenu trois semaines. Puis les médicaments ont manqué. Puis l'eau potable. Les médecins ont commencé à partir, puis le personnel administratif... À la fin, nous n'étions que huit : deux médecins, quatre infirmières, un ambulancier et un agent de sécurité. Huit personnes essayant de prendre soin de plus de cent patients."

Gaëtan pouvait imaginer la scène — l'horreur, l'impuissance, les choix impossibles.

"Qu'est-ce qui s'est passé ?"

"Ce qui devait arriver," répondit Élise, une dureté soudaine dans la voix. "On a dû choisir. Ceux qu'on pouvait sauver, ceux qu'on devait... laisser partir. On a rassemblé tout ce qu'on pouvait comme médicaments, fournitures, et on est partis avec les patients transportables. Les autres..."

Elle ne termina pas sa phrase. Elle n'en avait pas besoin.

"Vous n'aviez pas le choix," dit doucement Gaëtan.

"On a toujours le choix," répliqua-t-elle amèrement. "C'est ce que je me dis chaque jour, et c'est ce qui me ronge chaque nuit. On a choisi. Et maintenant, il faut vivre avec."

Gaëtan comprenait cette culpabilité mieux que quiconque. La sensation d'avoir échoué à protéger ceux qui dépendaient de vous, d'avoir pris des décisions qui, avec le recul, semblaient inhumaines.

Dehors, le vent redoubla d'intensité, sifflant à travers les interstices de leur abri de fortune. La tempête était presque sur eux.

"Et ton groupe maintenant, c'est toujours les mêmes personnes ?" demanda-t-il.

"Non," dit Élise. "Au fil du temps, certains sont morts. D'autres nous ont rejoints. C'est comme ça que ça fonctionne maintenant, non ? Des alliances temporaires, des familles improvisées... jusqu'à ce que la mort ou les circonstances nous séparent à nouveau."

Quelque chose dans sa voix intrigua Gaëtan. Une note discordante, comme si elle récitait un texte auquel elle ne croyait pas tout à fait.

"Combien êtes-vous maintenant ?"

"Douze," répondit Élise après une légère hésitation. "Enfin, onze sans moi. Peut-être moins, si certains n'ont pas survécu à la tempête qui nous a séparés."

"Et vous faites quoi, ensemble ? Vous vous contentez de survivre ?"

Élise secoua la tête.

"Non. On essaie de faire plus que ça. On collecte des connaissances, des livres, des informations techniques. On soigne ceux qu'on peut. On échange avec d'autres groupes. On essaie de... reconstruire quelque chose. Pas comme avant — ce serait impossible. Mais quelque chose de nouveau."

Gaëtan sentit une pointe d'envie mêlée d'espoir. L'idée d'appartenir à nouveau à un groupe, de partager plus qu'une simple proximité physique temporaire avec un autre être humain...

"Et toi ?" demanda Élise. "Comment as-tu survécu seul tout ce temps ?"

La question le ramena brutalement à sa réalité. Comment, en effet ? Comment avait-il traversé ces cinq années d'isolement, d'errance, de survie au jour le jour ?

"J'ai développé des règles," répondit-il. "Des routines. Ne jamais rester plus de trois jours au même endroit. Toujours avoir plusieurs itinéraires de fuite. Ne jamais faire confiance à un inconnu. Ne jamais s'attacher à quoi que ce soit qu'on ne peut pas abandonner en trente secondes."

"Ça me rappelle un vieux film," dit Élise avec un petit sourire.

"*Heat,*" confirma Gaëtan, surpris qu'elle ait saisi la référence. "Mon père adorait ce film. Je n'avais jamais pensé que son conseil deviendrait littéralement une question de vie ou de mort."

Le vent hurla plus fort, faisant trembler les murs de pierre. Un éclair verdâtre illumina brièvement l'intérieur à travers les minuscules interstices, projetant des ombres fantomatiques sur les murs.

"Et ça marche ?" demanda Élise après un moment. "Ces règles te permettent de survivre, mais te permettent-elles de vivre vraiment ?"

Gaëtan la dévisagea, troublé par la pertinence de sa question.

"Je suis toujours là," dit-il, répétant les mêmes mots qu'il avait prononcés la veille.

"Ce n'est pas ce que je veux dire, et tu le sais."

En effet, il le savait. Survivre n'était pas vivre. Ces cinq années, il avait simplement existé, comme un automate, un fantôme parcourant les ruines d'un monde mort. Même sa douleur s'était émoussée avec le temps, remplacée par un engourdissement émotionnel qui était à la fois une bénédiction et une malédiction.

Au lieu de répondre, il sortit de sa poche le petit carnet de Claire et le tendit à Élise.

"Ma femme," dit-il simplement. "Elle a tenu ce journal jusqu'à... jusqu'à la fin."

Élise prit le carnet avec révérence, comprenant l'importance du geste.

"Tu veux que je le lise ?"

Gaëtan hocha la tête. Pour une raison qu'il ne comprenait pas lui-même, il voulait qu'Élise connaisse Claire, qu'elle entende sa voix à travers ces pages jaunies.

Élise ouvrit délicatement le carnet et commença à lire à voix haute.

14 avril - La situation empire. Les rations diminuent chaque jour. Léo va de plus en plus mal, et les médecins n'ont presque plus de médicaments.

Gaëtan reste fort pour nous, mais je vois la peur dans ses yeux quand il pense que je ne le regarde pas. Comment en sommes-nous arrivés là ?

17 avril - Aujourd'hui, ils ont annoncé que notre zone d'origine est contaminée pour au moins 20 ans. Vingt ans ! Emma n'aura jamais de souvenirs de notre maison, de son jardin d'enfants, de sa chambre rose qu'elle aimait tant. Je pleure quand les enfants dorment. Gaëtan fait semblant de ne pas m'entendre.

22 avril - Des rumeurs circulent sur un programme d'évacuation vers l'étranger. Certains disent que le Canada accepte des réfugiés. D'autres parlent de l'Australie. Je m'accroche à ces rumeurs comme à des bouées de sauvetage.

1er mai - Léo a 39 de fièvre. Les médecins parlent d'une pneumonie, peut-être aggravée par l'exposition aux radiations. Il est si petit dans ce lit de camp, si fragile. Gaëtan a supplié un médecin de nous donner des antibiotiques. Il a offert sa montre, l'alliance de son père, tout ce qui nous reste de valeur. Rien n'y fait. Il n'y a simplement plus de médicaments.

La voix d'Élise se brisa légèrement. Elle leva les yeux vers Gaëtan.

"Tu veux que je continue ?"

Il hocha la tête, incapable de parler. C'était comme revivre ces jours terribles, mais cette fois à travers les yeux de Claire, avec une lucidité qu'il n'avait pas eue alors.

3 mai - Léo est parti cette nuit. En silence, pendant son sommeil. Je devrais être reconnaissante pour cela, au moins, mais je ne ressens rien d'autre qu'un vide immense, comme si on m'avait arraché une partie de mon âme. Gaëtan a tenu notre fils dans ses bras pendant des heures, refusant de le laisser partir. C'est la première fois que je le vois pleurer.

5 mai - Ils ont emmené le corps de Léo. Ils ne nous ont pas dit où. Une fosse commune, probablement. Gaëtan est comme un zombie. Emma demande sans cesse où est son frère. Je lui ai dit qu'il est allé au ciel. Elle a demandé si nous pourrions lui rendre visite.

Élise s'interrompit, essuyant une larme. Gaëtan restait immobile, fixant le sol. Le vent semblait s'être calmé dehors, comme si la tempête elle-même respectait ce moment de deuil partagé.

"Je suis désolée," murmura Élise. "Je ne devrais pas..."

"Continue," dit doucement Gaëtan. "S'il te plaît."

12 mai - Emma tousse maintenant. La même toux que Léo au début. J'ai l'impression de vivre un cauchemar qui se répète. Gaëtan est parti chercher des médicaments. Il a dit qu'il trouverait, peu importe comment. Je suis terrifiée à l'idée qu'il ne revienne pas.

13 mai - Gaëtan est revenu avec des antibiotiques. Il ne veut pas me dire où il les a trouvés ni ce qu'il a dû faire pour les obtenir. Ses mains tremblent et il y a du sang sur sa veste qu'il a essayé de cacher. J'ai peur de demander. Emma a pris sa première dose ce matin. On prie pour que ce ne soit pas trop tard.

15 mai - L'état d'Emma s'améliore légèrement. La fièvre a baissé. Gaëtan refuse toujours de parler de comment il a obtenu les médicaments. Je l'ai entendu vomir ce matin derrière le gymnase. Quoi qu'il ait fait, cela le ronge de l'intérieur.

Élise tourna la page, mais s'arrêta en voyant l'expression de Gaëtan.

"Tu veux que j'arrête ?" demanda-t-elle doucement.

Il secoua la tête. Il devait entendre la suite, même s'il la connaissait déjà. Même si chaque mot était comme un couteau s'enfonçant dans son cœur.

20 mai - Ils séparent les familles maintenant. Les hommes valides sont envoyés aider à la décontamination des zones moins touchées. Les femmes et les enfants sont transférés vers des camps plus au nord. Gaëtan part demain. Il m'a promis qu'il nous retrouverait, quoi qu'il arrive. J'essaie de le croire.

21 mai - Gaëtan est parti ce matin. Emma n'arrêtait pas de pleurer, s'accrochant à lui. Il nous a donné sa ration d'eau et sa portion de nourriture. "Prenez soin l'une de l'autre," a-t-il dit. "Je vous retrouverai." Ses yeux disaient autre chose. Ils disaient adieu.

Élise s'interrompit, parcourant rapidement les pages suivantes.

"Il y a un saut chronologique ici," dit-elle. "La prochaine entrée date du 15 juin."

Gaëtan hocha la tête. "Ils ont été transférés pendant cette période. Claire n'avait probablement pas le carnet avec elle ou pas la possibilité d'écrire."

Élise poursuivit sa lecture.

15 juin - Nouveau camp, pires conditions. La nourriture est minimale, l'eau rationnée. Emma va mieux, mais elle est si maigre maintenant. Sa peau ne s'étire plus quand elle sourit. Pas de nouvelles de Gaëtan. Les communications sont coupées entre les différents centres. J'essaie de garder espoir, pour Emma.

30 juin - Certains disent que les zones de décontamination sont des pièges mortels. Que les travailleurs y sont exposés à des doses massives de radiation sans protection adéquate. Je refuse d'y croire. Gaëtan est intelligent, prudent. Il survivra. Il doit survivre.

10 juillet - J'ai remarqué des taches sur ma peau ce matin. Des nausées aussi. Je sais ce que cela signifie, mais je ne peux pas me permettre d'être malade. Pas maintenant. Pas avec Emma qui dépend entièrement de moi.

15 juillet - De plus en plus faible. Je cache mes symptômes aux médecins. S'ils découvrent que je suis irradiée, ils m'isoleront d'Emma. Je dois tenir, juste un peu plus longtemps, jusqu'à ce que Gaëtan nous trouve.

22 juillet - Je ne pourrai bientôt plus écrire. Mes mains tremblent trop. Emma sait que je suis malade, mais elle est si courageuse. "Je vais te soigner, maman," dit-elle. Comme si nos rôles étaient inversés. Elle me raconte des histoires qu'elle invente, des contes de fée où tout finit bien.

La dernière entrée était presque illisible, l'écriture tremblante et désordonnée.

30 juillet - Si tu lis ceci, Gaëtan, sache que je t'ai attendu jusqu'au bout. Je ne t'en veux pas de ne pas nous avoir trouvées à temps. Ce n'est pas ta faute. Rien de tout ceci n'est ta faute. J'ai dit à Emma que tu viendrais la chercher. Ne me fais pas mentir. Trouve-la. Protège-la. Vis pour elle. Je t'aime. Je t'aim

La phrase s'interrompait brutalement. Élise ferma doucement le carnet.

"Qu'est-il arrivé à Emma ?" demanda-t-elle dans un murmure.

Gaëtan resta silencieux si longtemps qu'Élise crut qu'il ne répondrait pas.

"Quand j'ai finalement trouvé le camp où elles avaient été transférées, c'était trop tard," dit-il enfin, sa voix à peine audible. "Claire était morte depuis deux semaines. Emma..."

Il prit une profonde inspiration, comme pour rassembler ses forces.

"Emma avait été placée avec d'autres orphelins dans une section séparée du camp. Quand je suis arrivé, une épidémie de dysenterie avait décimé leur section. J'ai trouvé son nom sur une liste. Une simple liste accrochée à un tableau. Pas de corps. Pas de tombe. Juste un nom parmi des dizaines d'autres."

Élise s'approcha et, hésitant un instant, posa sa main sur celle de Gaëtan.

"Ce que je ne lui ai jamais dit," poursuivit-il, fixant les flammes mourantes du réchaud, "c'est que j'avais déserté mon équipe de décontamination. J'avais découvert que c'était une mission suicide — ils nous envoyaient sans protection adéquate, sachant parfaitement que nous recevrions des doses létales de radiation. J'ai fui pour retrouver ma famille."

Il laissa échapper un rire amer, sans joie.

"Et tu sais ce qui est ironique ? Si j'étais resté, si j'avais suivi les ordres, je serais mort, mais j'aurais au moins été avec elles au bon moment. J'aurais pu les aider, les protéger, peut-être les sauver. Au lieu de ça, j'ai survécu, et elles sont mortes. Quelle putain de blague cosmique, n'est-ce pas ?"

Élise serra sa main plus fort. Elle ne prononça pas les platitudes habituelles, les "ce n'est pas ta faute" ou "tu as fait ce que tu pouvais". Elle savait, comme lui, que dans ce nouveau monde, de tels réconforts sonnaient creux.

"C'est pour ça que tu te punis en restant seul," dit-elle finalement. "Tu crois que tu ne mérites pas de vivre, encore moins de trouver un semblant de bonheur ou de connexion humaine."

Ce n'était pas une question, mais une affirmation. Et elle était douloureusement exacte.

"Et toi ?" rétorqua-t-il, presque accusateur. "Tu n'as pas l'air de porter ta propre culpabilité plus légèrement. Ces patients que tu as dû abandonner... Tu crois que tu mérites d'être heureuse après ça ?"

Élise retira sa main, touchée au vif.

"Non," admit-elle. "C'est pourquoi nous sommes tous des fantômes maintenant, n'est-ce pas ? Ni vraiment vivants, ni vraiment morts. Juste... suspendus."

Le silence retomba entre eux, lourd de non-dits et de regrets partagés. Dehors, la tempête semblait s'être calmée, laissant place à un silence inquiétant.

Gaëtan se leva pour vérifier leur abri. Les murs avaient tenu bon, et aucune radiation dangereuse ne semblait s'être infiltrée. Son compteur Geiger émettait le crépitement habituel des zones modérément contaminées, rien de plus.

"On devrait dormir un peu," dit-il. "Demain, la marche sera difficile. Le terrain entre ici et Mauzac est traître, surtout après une tempête."

Élise acquiesça, s'installant aussi confortablement que possible sur le sol dur. Gaëtan s'assit à distance respectable, adossé au mur, son couteau tactique à portée de main, comme toujours.

"Tu ne dors jamais vraiment, n'est-ce pas ?" demanda Élise, l'observant dans la pénombre.

"Je dors par intervalles," répondit-il. "Vingt minutes par-ci, vingt minutes par-là. C'est suffisant."

"Ce n'est pas vivre," murmura-t-elle.

"Ce n'est pas censé l'être," répliqua-t-il doucement.

Élise le fixa un moment, puis ferma les yeux. Sa respiration se fit progressivement plus profonde et régulière tandis qu'elle sombrait dans le sommeil.

Gaëtan resta éveillé, comme toujours, montant la garde contre des dangers tant extérieurs qu'intérieurs. Les mots de Claire résonnaient dans son esprit : Trouve-la. Protège-la. Vis pour elle. Il avait échoué à ces trois promesses. Pouvait-il se permettre d'échouer à nouveau, avec quelqu'un d'autre ?

Il observa le visage endormi d'Élise, s'autorisant à le remarquer vraiment pour la première fois : les lignes de souci autour de ses yeux, la cicatrice sur sa joue, ses lèvres légèrement entrouvertes dans le sommeil. Elle était belle, d'une beauté forgée par la souffrance et la survie.

Une émotion qu'il croyait morte depuis longtemps remua en lui — non pas du désir, mais quelque chose de plus fondamental : une connexion humaine, la reconnaissance d'une âme semblable à la sienne, brisée par le même monde cruel, portant les mêmes cicatrices invisibles.

Dehors, le vent reprit légèrement, charriant les murmures d'un monde transformé. Gaëtan se prépara à une longue nuit de veille, incertain de ce que l'aube apporterait, mais étrangement moins effrayé par cette incertitude qu'il ne l'avait été depuis des années.

*****

Le jour se levait à peine lorsqu'Élise se réveilla en sursaut. Gaëtan, qui l'observait depuis l'unique fenêtre de leur abri, se tourna vers elle.

"Cauchemar ?" demanda-t-il doucement.

Elle acquiesça, passant une main tremblante sur son visage.

"Toujours les mêmes," murmura-t-elle. "Les visages de ceux que j'ai laissés derrière."

Gaëtan comprenait trop bien. Ses propres rêves, les rares fois où il s'autorisait à dormir profondément, étaient peuplés des visages de Claire et des enfants, leurs yeux accusateurs le fixant en silence.

"La tempête est passée," dit-il pour changer de sujet. "Mais elle a modifié le paysage. De nouvelles formations se sont développées pendant la nuit."

Élise se leva péniblement, testant sa jambe blessée. Elle semblait aller mieux, bien que sa démarche restât hésitante. Elle rejoignit Gaëtan à la fenêtre et regarda dehors.

Ce qu'elle vit la laissa sans voix. La tempête radioactive avait transformé les champs environnants. Des cristallisations verdâtres hérissaient le sol, comme des stalagmites formées en quelques heures. Des plantes aux formes impossibles avaient jailli du sol, certaines semblant presque phosphorescentes dans la lumière de l'aube.

"C'est..." commença-t-elle.

"Dangereux," compléta Gaëtan. "Ces cristaux émettent des radiations concentrées. Il faudra les contourner. Et ces plantes, si elles libèrent leurs spores pendant qu'on passe à proximité..."

Il laissa sa phrase en suspens, mais Élise comprit l'implication. Les mutations végétales étaient parmi les dangers les plus imprévisibles de ce nouveau monde.

"On a encore combien de temps jusqu'à Mauzac ?" demanda-t-elle.

"Dans des conditions normales, quatre ou cinq heures de marche. Avec ces nouvelles formations et ta jambe blessée, plutôt sept ou huit."

Élise hocha la tête, résolue.

"Alors on ferait mieux de partir maintenant."

Ils rassemblèrent leurs maigres possessions et se préparèrent au départ. Gaëtan vérifia attentivement l'étanchéité de leurs combinaisons et l'état de leurs filtres respiratoires. Le compteur Geiger indiquait des niveaux de radiation plus élevés qu'à l'ordinaire, mais encore gérables avec leurs équipements.

Avant de sortir, Élise hésita, puis se tourna vers Gaëtan.

"Merci," dit-elle simplement. "Pour le journal. Pour m'avoir fait confiance avec ça."

Gaëtan se contenta de hocher la tête. Les mots semblaient superflus.

Ils s'aventurèrent dans le paysage transformé, avançant prudemment entre les formations cristallines et les plantes mutantes. Le soleil montait lentement dans un ciel étrangement clair après la tempête, projetant des ombres aux contours nets qui soulignaient l'altérité du monde autour d'eux.

Malgré sa blessure, Élise maintenait un rythme régulier, s'arrêtant seulement occasionnellement pour reprendre son souffle. Gaëtan admirait silencieusement sa ténacité. Peu de personnes auraient pu endurer une telle marche dans leur état.

Vers midi, ils atteignirent les rives de la Dordogne, la rivière qui les mènerait jusqu'au barrage de Mauzac. L'eau avait une teinte iridescente inquiétante, reflétant la lumière du soleil en motifs hypnotiques.

"Ne touche pas l'eau," avertit Gaëtan. "Les radiations s'y sont concentrées."

Élise observa la rivière avec une fascination mêlée d'horreur.

"Y a-t-il encore des poissons là-dedans ?"

"Plus comme avant," répondit Gaëtan. "J'ai vu des créatures nager parfois. Je ne sais pas si on peut encore les appeler 'poissons'. Certains ont développé des membres, d'autres des organes bioluminescents. L'évolution accélérée par les radiations."

Ils longèrent la berge, gardant une distance prudente avec l'eau contaminée. Le paysage devenait de plus en plus étrange à mesure qu'ils approchaient du barrage. Des arbres aux troncs tordus formaient des arches naturelles au-dessus du chemin, leurs feuilles d'un violet profond frémissant dans la brise légère.

"Ton groupe," dit soudain Gaëtan, brisant le silence qui s'était installé entre eux. "Qu'espèrent-ils accomplir exactement ?"

Élise parut surprise par la question.

"Je te l'ai dit. Nous collectons des connaissances, nous soignons ceux que nous pouvons..."

"Oui, mais dans quel but ?" insista-t-il. "Vous croyez vraiment qu'on peut reconstruire quelque chose à partir de ces ruines ?"

Elle s'arrêta, le fixant avec intensité.

"Tu préfères quoi comme alternative ? Errer seul jusqu'à ce que quelque chose te tue ? Attendre passivement l'extinction ?"

Gaëtan ne répondit pas immédiatement. C'était effectivement ce qu'il avait fait ces cinq dernières années — survivre sans but, jour après jour, dans une sorte de purgatoire auto-imposé.

"Ce que nous essayons de faire," reprit Élise plus doucement, "c'est préserver ce qui peut l'être. Des connaissances, des compétences, des relations humaines. Pas pour revenir en arrière — c'est impossible. Mais pour construire quelque chose de nouveau, quelque chose d'adapté à ce monde transformé."

"Et si ce nouveau monde n'a pas de place pour nous ?" demanda Gaëtan. "Si nous sommes juste... obsolètes ? Un vestige d'une espèce condamnée ?"

"Alors nous disparaîtrons avec dignité," répondit-elle sans hésitation. "En nous battant jusqu'au bout, en restant humains jusqu'à la fin. Pas comme des fantômes, pas comme des automates suivant des routines vides de sens."

Ses paroles touchèrent quelque chose en Gaëtan. N'était-ce pas précisément ce qu'il était devenu ? Un automate, un fantôme parcourant les ruines, sans espoir, sans but, sans connexion humaine ?

Ils reprirent leur marche en silence, chacun absorbé dans ses pensées. Gaëtan sentait quelque chose se fissurer en lui — peut-être le mur qu'il avait érigé autour de son cœur après la perte de sa famille, peut-être la carapace d'indifférence qu'il avait cultivée pour supporter la solitude.

En début d'après-midi, le barrage de Mauzac apparut enfin dans le lointain. L'imposante structure de béton se dressait comme une relique d'un autre âge, à moitié envahie par une végétation mutante qui s'accrochait à ses flancs. Des lianes phosphorescentes s'enroulaient autour des pylônes, et des champignons géants avaient colonisé sa base, formant comme une seconde fondation organique.

"C'est là que ton groupe a établi son campement ?" demanda Gaëtan, scrutant la structure à travers ses jumelles fatiguées.

"Pas sur le barrage lui-même," répondit Élise. "Dans l'ancienne centrale hydroélectrique, juste en dessous. Les murs épais nous protègent des radiations, et la machinerie abandonnée nous a fourni des pièces utiles pour nos projets."

Gaëtan balaya les environs du regard, cherchant des signes de vie humaine ou de danger. Il ne voyait personne, ce qui l'inquiétait.

"Je ne vois aucun signe de ton groupe," dit-il, une note de suspicion dans la voix. "Ni de système de guet. C'est étrange pour un campement établi."

Élise parut momentanément déstabilisée.

"Ils doivent être à l'intérieur," dit-elle rapidement. "Ou peut-être en expédition. Ils ne sont pas toujours tous présents."

Elle pressa le pas, malgré sa jambe blessée, comme soudain impatiente d'atteindre leur destination. Gaëtan la suivit, mais une sensation de malaise grandissait en lui. Quelque chose ne collait pas.

À mesure qu'ils approchaient du barrage, Gaëtan remarqua d'autres détails troublants. Aucune trace de passage récent sur les chemins menant à la centrale. Aucun signe des modifications que des survivants auraient naturellement apportées à leur environnement — pas de pièges, pas de signaux, pas de systèmes de collecte d'eau.

"Élise," dit-il en s'arrêtant. "Il n'y a personne ici, n'est-ce pas ?"

Elle continua d'avancer quelques pas avant de s'immobiliser, le dos tourné vers lui. Ses épaules se voûtèrent légèrement.

"Qu'est-ce qui te fait dire ça ?" demanda-t-elle sans se retourner.

"L'absence de signes de présence humaine. Pas de sentiers usés, pas de systèmes de défense visibles. Pas de fumée, pas de bruit. Rien."

Elle resta silencieuse un long moment, puis se tourna lentement vers lui. Son expression était indéchiffrable derrière son masque.

"Tu as raison," admit-elle finalement. "Il n'y a personne ici. Il n'y a jamais eu personne."

Gaëtan sentit une vague de déception mêlée de colère monter en lui.

"Tu m'as menti," dit-il, sa main se portant instinctivement vers son couteau. "Pourquoi ?"

"Pas entièrement," répondit Élise, levant les mains en signe d'apaisement. "J'ai bien été séparée d'un groupe lors d'une tempête. Mais c'était il y a bien plus longtemps que je ne l'ai laissé entendre. Et nous n'avions pas de point de ralliement ici."

"Alors pourquoi m'avoir entraîné jusqu'ici ?" insista Gaëtan, la méfiance évidente dans sa posture.

Élise prit une profonde inspiration, comme si elle rassemblait son courage.

"Parce que je cherche quelque chose qui se trouve ici. Quelque chose d'important. Quelque chose qui pourrait tout changer."

Elle fouilla dans la poche intérieure de sa veste et en sortit une carte pliée, jaunie et froissée par l'usage.

"Regarde," dit-elle en la dépliant. C'était un plan technique du barrage et de la centrale, avec des annotations manuscrites. "Avant que tout ne s'effondre, mon groupe travaillait avec des scientifiques. Ils avaient développé un traitement expérimental contre les effets des radiations — pas un remède miracle, mais quelque chose qui pourrait ralentir la dégradation cellulaire, peut-être même inverser certains dommages génétiques mineurs."

Gaëtan examina la carte avec scepticisme.

"Et ce traitement serait caché ici ? Dans une centrale hydroélectrique abandonnée ?"

"Pas caché," corrigea Élise. "Stocké. Dans un laboratoire de fortune que les scientifiques avaient établi dans les sous-sols de la centrale. L'endroit était idéal — isolé, avec ses propres générateurs, des murs épais pour protéger des radiations..."

"Et pourquoi ne pas m'avoir simplement dit la vérité ?" demanda Gaëtan, toujours méfiant.

Élise eut un rire amer.

"Aurais-tu aidé une inconnue à traverser des zones dangereuses pour chercher un traitement qui n'existe peut-être même plus ? Qui pourrait n'être qu'un mythe ou un espoir fou ?"

Gaëtan réfléchit. Elle n'avait pas tort. Sa survie dépendait de sa prudence, de sa réticence à prendre des risques inutiles.

"Et puis," ajouta Élise plus doucement, "j'ai appris à dissimuler mes véritables objectifs. Trop de gens seraient prêts à tuer pour mettre la main sur un tel traitement."

Gaëtan considéra ses options. Il pouvait faire demi-tour, la laisser là et retourner à sa vie solitaire. Il avait été manipulé, utilisé. Dans ce monde impitoyable, c'était une raison suffisante pour rompre toute alliance.

Mais quelque chose le retenait. Peut-être était-ce la possibilité, aussi infime soit-elle, que ce traitement existe vraiment. Peut-être était-ce simplement le fait qu'il n'était pas prêt à retourner à sa solitude, pas encore.

"Tu aurais dû me faire confiance," dit-il finalement.

"Je te fais confiance maintenant," répondit-elle, soutenant son regard. "Je t'ai dit la vérité alors que je pourrais encore prétendre que mon groupe est simplement en retard, ou qu'ils ont dû partir temporairement."

C'était vrai, réalisa Gaëtan. Elle avait choisi de révéler son mensonge, de se rendre vulnérable.

"D'accord," dit-il après un long silence. "Allons voir ce laboratoire. Mais à partir de maintenant, plus de mensonges."

Élise hocha la tête, le soulagement visible dans ses yeux.

"Plus de mensonges," promit-elle.

Ils se remirent en route vers le barrage, cette fois avec une nouvelle compréhension entre eux. Le soleil commençait sa descente vers l'horizon, projetant des ombres allongées sur le paysage transformé. Ils n'avaient que quelques heures de lumière devant eux.

La centrale hydroélectrique était plus imposante vue de près, ses murs de béton noircis par le temps et partiellement recouverts de plantes mutantes. L'entrée principale était bloquée par un éboulement, mais Élise les guida vers une entrée secondaire, à moitié dissimulée par la végétation.

"Le laboratoire devrait être au troisième sous-sol," expliqua-t-elle en examinant le plan. "Si les escaliers sont encore praticables."

Gaëtan sortit sa lampe et en vérifia la charge.

"On va bientôt le découvrir," dit-il. "Reste près de moi et sois vigilante. Les structures abandonnées sont souvent instables, et on ne sait jamais ce qui a pu s'y installer."

Ils pénétrèrent dans le bâtiment, avançant prudemment dans la pénombre. L'intérieur était étonnamment préservé, comme figé dans le temps. Des tableaux de contrôle couverts de poussière, des chaises renversées, des tasses de café abandonnées à la hâte — vestiges du dernier jour de fonctionnement de la centrale, quand ses opérateurs avaient fui la catastrophe imminente.

Ils trouvèrent l'escalier menant aux sous-sols, une cage en béton spiralant vers les profondeurs. Gaëtan testa prudemment chaque marche avant de s'y engager, conscient que cinq années d'abandon avaient pu fragiliser la structure.

"Tu es sûre que ce traitement existe encore ?" demanda-t-il alors qu'ils descendaient. "Si c'était si important, pourquoi l'avoir laissé ici ?"

"Parce que l'évacuation a été chaotique," répondit Élise, sa voix résonnant légèrement dans la cage d'escalier. "L'équipe a été dispersée. Certains sont morts pendant la catastrophe, d'autres ont été envoyés dans différents centres d'évacuation. Le docteur Moreau, le chercheur principal, m'a parlé du laboratoire juste avant de mourir d'une exposition aux radiations. Il m'a donné cette carte, m'a fait promettre de revenir chercher leurs travaux quand ce serait possible."

"Et c'est seulement maintenant que tu reviens ?" demanda Gaëtan, sceptique.

"J'ai essayé trois fois," dit-elle avec une pointe d'irritation. "La première fois, j'ai été repoussée par un groupe de pillards qui avait établi un campement dans les environs. La deuxième fois, une tempête radioactive m'a forcée à faire demi-tour. La troisième fois, j'ai presque atteint le barrage, mais j'ai été attaquée par un changeur — un de ces loups mutés. C'est de là que vient ma cicatrice."

Elle effleura la marque sur sa joue, visible même à travers la visière de son masque.

"Et cette fois, tu as décidé de manipuler quelqu'un pour t'accompagner," conclut Gaëtan.

"Cette fois, j'ai décidé de ne pas mourir seule si les choses tournaient mal," corrigea-t-elle.

Cette réponse, d'une honnêteté brutale, toucha Gaëtan plus qu'il ne voulait l'admettre. N'était-ce pas exactement ce qu'il avait ressenti en décidant de l'aider ? Cette peur primale de mourir seul, sans témoin, sans que personne ne sache ou ne s'en soucie ?

Ils atteignirent le troisième sous-sol, une vaste salle plongée dans l'obscurité. Les faisceaux de leurs lampes révélèrent un espace qui avait effectivement été transformé en laboratoire improvisé : des tables métalliques chargées d'équipements scientifiques, des armoires contenant des flacons et des boîtes, des générateurs de secours silencieux.

"C'est bien ça," murmura Élise, une note d'excitation dans la voix. "Ils ont vraiment établi un laboratoire ici."

Elle s'approcha d'une armoire en métal et tenta de l'ouvrir, mais elle était verrouillée.

"Il doit y avoir une clé quelque part," dit-elle, balayant la pièce du regard.

Gaëtan examina l'espace plus attentivement. Quelque chose le troublait.

"Élise," dit-il lentement. "Regarde autour de toi. Tout est trop... intact."

Elle s'interrompit, suivant son regard. Il avait raison. Pour un laboratoire abandonné depuis cinq ans, l'endroit était étrangement préservé. Pas de signes d'intrusion, pas de poussière excessive, pas de détérioration significative.

"Quelqu'un est venu ici," murmura-t-elle. "Récemment."

Comme pour confirmer ses paroles, un bruit métallique résonna soudain dans le silence, venant d'une pièce adjacente. Gaëtan éteignit immédiatement sa lampe, faisant signe à Élise d'en faire autant.

Dans l'obscurité totale, ils retinrent leur souffle, aux aguets. Un faible rayon de lumière apparut sous une porte à l'autre bout du laboratoire, accompagné de bruits étouffés — quelqu'un se déplaçait là-bas.

Gaëtan se pencha vers Élise, ses lèvres presque contre son oreille.

"On doit partir," chuchota-t-il. "Maintenant."

Mais avant qu'ils puissent faire un mouvement vers l'escalier, la porte s'ouvrit brusquement, les inondant d'une lumière aveuglante.

"Ne bougez pas," ordonna une voix masculine. "Ou nous tirons."

Partie 4

Gaëtan cligna des yeux, ébloui par le faisceau puissant qui les visait. Il sentit Élise se rapprocher instinctivement de lui, sa main cherchant la sienne dans l'obscurité.

"Qui êtes-vous ?" demanda la voix, toujours invisible derrière la lumière aveuglante.

Gaëtan hésita. Dans ce monde, révéler son identité était rarement une bonne idée. Mais ils étaient piégés, sans possibilité de fuite.

"Des survivants," répondit-il prudemment. "Nous ne cherchons pas d'ennuis."

Un rire bref et sans joie résonna dans le laboratoire.

"Personne ne vient jusqu'ici sans chercher quelque chose," rétorqua la voix. "Surtout pas en traversant des zones fortement irradiées. Alors je répète : qui êtes-vous et que voulez-vous ?"

Élise fit un pas en avant, malgré la tentative de Gaëtan pour la retenir.

"Mon nom est Élise Dufour. J'étais infirmière à l'hôpital de Bergerac avant la catastrophe. Je suis venue pour le protocole Lazare."

Un silence pesant suivit sa déclaration. Puis, lentement, la lumière s'abaissa, révélant leurs interlocuteurs. Ils étaient trois, vêtus de combinaisons de protection similaires aux leurs, mais visiblement mieux entretenues. L'homme qui tenait la lampe était grand et maigre, son visage émacié partiellement visible à travers sa visière. À ses côtés, une femme d'âge moyen pointait un fusil vers eux, et un jeune homme tenait ce qui ressemblait à un appareil de mesure scientifique.

"Le protocole Lazare n'existe pas," dit l'homme à la lampe, son regard dur fixé sur Élise. "C'est une rumeur, un mythe urbain de l'apocalypse."

"Non," insista Élise. "Le Dr. Moreau m'a parlé du protocole avant sa mort. Il m'a donné ceci."

Elle sortit lentement la carte de sa poche et la tendit devant elle. La femme au fusil fit un geste, et le jeune homme s'avança pour prendre le document. Il l'examina brièvement avant de le passer à l'homme plus âgé.

"Où avez-vous obtenu ça ?" demanda ce dernier, son expression passant de la méfiance à l'étonnement.

"Je vous l'ai dit. Du Dr. Moreau lui-même. J'ai travaillé avec lui pendant les premières semaines après l'accident. Il est mort dans mes bras, au centre d'évacuation de Bergerac."

L'homme échangea un regard avec ses compagnons, puis abaissa légèrement sa lampe.

"C'est bien la carte originale," admit-il. "Avec les annotations de Philippe."

Il se tourna vers Gaëtan.

"Et vous ? Quel est votre rôle dans tout ça ?"

"Je l'ai aidée à arriver jusqu'ici," répondit simplement Gaëtan. "Rien de plus."

L'homme l'étudia pendant un long moment, puis fit un signe à la femme, qui abaissa son arme.

"Je suis Olivier Laurent," dit-il finalement. "J'étais l'assistant du Dr. Moreau. Voici le Dr. Claire Dumont et Thomas Renard, notre technicien. Nous sommes ce qu'il reste de l'équipe du protocole."

Élise laissa échapper un souffle tremblant.

"Alors c'est vrai," murmura-t-elle. "Le traitement existe réellement."

Olivier eut un sourire amer.

"Exister et fonctionner sont deux choses différentes, Mme Dufour. Suivez-nous. Nous serons plus à l'aise pour discuter dans notre quartier général."

Il les guida à travers le laboratoire vers la porte d'où ils étaient apparus. De l'autre côté se trouvait un espace qui avait manifestement été aménagé pour y vivre : des couchettes improvisées, une cuisine rudimentaire, des étagères chargées de livres et d'équipements.

"Vous vivez ici," constata Gaëtan, surpris. "Depuis combien de temps ?"

"Trois ans," répondit Claire en posant son fusil contre un mur. "Nous sommes revenus dès que les niveaux de radiation ont commencé à se stabiliser. Il était impensable d'abandonner nos recherches."

Olivier leur fit signe de s'asseoir à une table centrale. Thomas disparut dans une autre pièce avant de revenir avec une théière fumante et des tasses ébréchées.

"Du thé," dit-il en servant tout le monde. "Cultivé ici même, dans notre jardin hydroponique. Ne vous inquiétez pas, il n'est pas irradié."

Élise et Gaëtan échangèrent un regard hésitant, puis retirèrent leurs masques respiratoires. L'air dans cette partie de la centrale était étonnamment frais et propre.

"Système de filtration avancé," expliqua Claire, remarquant leur surprise. "Une des premières choses que nous avons remises en état en revenant."

Gaëtan observa le thé dans sa tasse avec suspicion, avant de finalement en prendre une gorgée prudente. C'était la première boisson chaude qu'il goûtait depuis des mois.

"Alors," dit Olivier en fixant Élise, "Philippe vous a parlé du protocole. Que vous a-t-il dit exactement ?"

"Pas grand-chose," admit-elle. "Il était déjà très affaibli. Il a mentionné un traitement expérimental contre les effets des radiations, quelque chose qui pourrait aider à la régénération cellulaire. Il a dit que les résultats préliminaires étaient prometteurs, mais que l'évacuation avait interrompu les tests."

Olivier hocha lentement la tête.

"C'est l'essentiel. Le protocole Lazare était — est — notre tentative de développer un traitement capable non seulement de bloquer les effets des radiations, mais aussi de réparer certains dommages déjà causés. Un véritable régénérateur cellulaire."

"Et ça fonctionne ?" demanda Gaëtan, incapable de dissimuler son scepticisme.

Les trois scientifiques échangèrent des regards.

"Théoriquement, oui," répondit Claire. "Nous avons obtenu des résultats prometteurs sur des cultures cellulaires et des modèles animaux. Mais le vrai test serait sur des humains, et nous n'en sommes pas encore là."

"Pas officiellement, en tout cas," murmura Thomas, s'attirant un regard réprobateur d'Olivier.

"Qu'est-ce que ça veut dire ?" demanda Élise, les sourcils froncés.

Olivier soupira profondément.

"Il y a eu... des expérimentations non autorisées. Thomas a utilisé une version préliminaire du sérum sur lui-même après avoir été exposé à une dose dangereuse de radiations lors d'une sortie."

"Et je suis toujours là," intervint Thomas avec un sourire tendu. "Pas d'effets secondaires majeurs, hormis quelques... particularités."

Il retroussa sa manche, révélant une peau étrangement iridescente, presque translucide par endroits, avec un réseau de veines qui semblaient luire faiblement.

"La régénération cellulaire fonctionne," dit-il. "Mais elle s'accompagne de certaines mutations. Le sérum interagit avec l'ADN endommagé par les radiations d'une façon que nous ne comprenons pas entièrement."

Gaëtan fixait le bras de Thomas avec un mélange de fascination et d'horreur. C'était comme voir l'avenir potentiel de l'humanité – ni tout à fait humain, ni tout à fait autre chose.

"Vous avez créé une nouvelle forme de mutation," dit-il doucement. "Contrôlée, mais une mutation quand même."

"C'est une façon de voir les choses," admit Olivier. "Nous préférons parler d'adaptation guidée. Les radiations transforment déjà notre environnement, notre flore, notre faune. Peut-être que la seule façon pour l'humanité de survivre est d'accepter une certaine... évolution."

Élise se leva brusquement, son visage pâle.

"Ce n'est pas ce que Moreau m'avait décrit," dit-elle. "Il parlait d'un traitement, pas d'une transformation."

Claire s'approcha d'elle, posant une main apaisante sur son bras.

"Philippe était un idéaliste," dit-elle doucement. "Il voulait croire que nous pouvions simplement réparer les dommages et revenir à ce que nous étions. Mais plus nous avançons dans nos recherches, plus nous comprenons que ce n'est pas possible. Le monde a changé, et nous devons changer avec lui pour survivre."

Un silence pesant s'installa dans la pièce. Gaëtan observait Élise, voyant sa déception et sa confusion. Il comprenait ce qu'elle ressentait – l'espoir d'un retour à la normale venait de s'évanouir, remplacé par une perspective bien plus dérangeante.

"Pourquoi nous dire tout ça ?" demanda-t-il finalement. "Vous prenez un risque en nous révélant l'existence du sérum."

Olivier eut un sourire triste.

"Parce que vous êtes déjà là, et que vous connaissez déjà l'existence du protocole. Et parce que..."

Il hésita, échangeant un regard avec ses collègues.

"Parce que nous avons besoin d'aide," compléta Claire. "Nos recherches ont atteint un point critique. Nous avons stabilisé le sérum, réduit ses effets secondaires les plus graves, mais nous manquons cruellement de données."

"Vous voulez des cobayes," dit Gaëtan, comprenant soudain. "Des humains sur qui tester votre sérum."

"Des volontaires," corrigea Thomas. "Des personnes qui comprennent les risques et les bénéfices potentiels. Élise, avec votre formation médicale, vous seriez inestimable pour notre équipe. Et vous..."

Il se tourna vers Gaëtan.

"Votre expérience de la survie en zone contaminée, votre connaissance du territoire... nous avons besoin de personnes comme vous pour étendre notre réseau, pour trouver d'autres survivants qui pourraient bénéficier du traitement."

Gaëtan eut un rire sans joie.

"Vous voulez que je devienne un recruteur pour vos expériences ? Que je convainque des survivants désespérés de se transformer en mutants dans l'espoir d'une vie prolongée ?"

"Ce n'est pas aussi simple," protesta Claire. "Le sérum offre une réelle chance de survie dans ce monde transformé. Sans lui, l'exposition prolongée aux radiations condamnera la plupart des survivants à une mort lente et douloureuse, ou à des mutations incontrôlées bien pires que celles que nous proposons."

Élise, qui était restée silencieuse, prit finalement la parole.

"Combien de personnes ont reçu le sérum jusqu'à présent ? À part Thomas ?"

Un nouveau silence s'installa, plus lourd encore.

"Dix-sept," répondit finalement Olivier. "Nous avons établi des contacts avec plusieurs petits groupes de survivants dans la région. Après leur avoir expliqué notre travail, certains ont accepté de participer."

"Et les résultats ?" insista Élise.

"Quatorze survivants," dit Claire. "Tous présentent des mutations similaires à celles de Thomas, à des degrés divers. Certains ont développé des... capacités particulières. Une tolérance extrême aux radiations, une régénération tissulaire accélérée, des perceptions sensorielles amplifiées."

"Et les trois autres ?" demanda Gaëtan, redoutant la réponse.

"Des réactions de rejet," admit Olivier, baissant les yeux. "Le sérum a accéléré les mutations déjà présentes dans leur organisme, les rendant incontrôlables. Deux sont morts en quelques heures. Le troisième..."

Il s'interrompit, visiblement mal à l'aise.

"Le troisième s'est transformé," compléta Thomas d'une voix neutre. "Plus vraiment humain, mais toujours conscient. Il a fui dans les zones fortement irradiées. Nous l'apercevons parfois dans les environs, observant le barrage de loin."

Un frisson parcourut l'échine de Gaëtan. L'image évoquée par Thomas ressemblait trop aux histoires de changeurs humanoïdes que certains survivants racontaient autour des feux de camp – des êtres qui avaient un jour été humains mais qui s'étaient adaptés si radicalement aux radiations qu'ils avaient transcendé leur humanité d'origine.

"C'est de la folie," murmura-t-il. "Vous jouez à être des dieux avec ce qui reste de l'humanité."

"Non," répliqua fermement Olivier. "Nous essayons de sauver notre espèce de l'extinction. Les radiations ne disparaîtront pas. Pas avant des siècles, peut-être jamais complètement. Notre seule chance est de nous adapter."

Élise se tourna vers Gaëtan, son expression indéchiffrable.

"Il a raison," dit-elle doucement. "C'est exactement ce que Moreau craignait. Il savait que les zones contaminées resteraient inhabitables pendant des générations. Il cherchait un moyen pour que l'humanité puisse y survivre."

Gaëtan la fixa, incrédule.

"Tu es d'accord avec eux ? Tu penses vraiment que transformer des humains en... autre chose est la solution ?"

"Je pense que c'est une solution," répondit-elle. "Peut-être la seule qui nous reste."

Elle se tourna vers Olivier.

"Je veux voir vos données. Vos recherches. Tout ce que vous avez sur le sérum et ses effets."

Le scientifique hocha la tête.

"Bien sûr. Thomas vous montrera nos archives et nos sujets volontaires. Certains vivent ici avec nous, d'autres dans des installations annexes."

Il se tourna vers Gaëtan.

"Et vous ? Qu'allez-vous faire maintenant que vous connaissez notre secret ?"

C'était une question chargée. Gaëtan comprit que sa réponse déterminerait s'il était considéré comme un allié potentiel ou une menace à éliminer.

"Je ne sais pas," dit-il honnêtement. "Je dois réfléchir à tout ça."

Claire intervint, sa voix plus douce.

"Restez au moins pour la nuit. Vous êtes en sécurité ici, et vous pourrez repartir demain si c'est ce que vous décidez."

Gaëtan acquiesça lentement. La nuit approchait, et l'idée de traverser le paysage radioactif dans l'obscurité n'était pas attrayante, même pour lui.

"Une nuit," concéda-t-il. "Pas plus."

*****

Les heures suivantes se déroulèrent comme dans un rêve étrange. Thomas les guida à travers le complexe souterrain qui s'avéra bien plus vaste que Gaëtan ne l'avait imaginé. La centrale hydroélectrique avait été transformée en un véritable centre de recherche et une communauté autonome. Des systèmes hydroponiques fournissaient de la nourriture fraîche. Un système ingénieux de récupération et de filtration assurait un approvisionnement constant en eau potable. Des générateurs réparés produisaient suffisamment d'électricité pour alimenter les équipements essentiels.

Plus impressionnant encore, ils rencontrèrent les "volontaires" qui avaient survécu au sérum. Une douzaine d'hommes et de femmes de tous âges qui portaient les marques de leur transformation – peau iridescente, yeux aux pupilles transformées, membres légèrement modifiés. Mais ils semblaient en bonne santé, alertes, et curieusement sereins face à leur nouvelle condition.

Élise s'immergeait dans les données scientifiques, discutant avec Claire de détails techniques que Gaëtan ne pouvait suivre. Son intérêt professionnel semblait avoir pris le dessus sur ses réserves initiales.

Gaëtan, quant à lui, observait tout avec un mélange de fascination et d'horreur. La question qui le taraudait était simple mais fondamentale : ces créatures étaient-elles encore humaines ? Et si non, était-ce important ?

Le soir venu, on leur assigna une petite chambre avec deux lits superposés. L'espace était exigu mais propre, un luxe presque obscène dans ce monde dévasté. Des draps fraîchement lavés, une douche avec eau chaude dans une salle adjacente, une ampoule électrique au plafond – autant d'éléments du passé qui semblaient désormais appartenir à un rêve lointain.

"C'est comme une capsule temporelle," murmura Élise en effleurant du bout des doigts un livre posé sur une étagère. "Comme si le monde d'avant existait encore, juste ici, sous terre."

Gaëtan restait silencieux, assis au bord du lit inférieur, les coudes appuyés sur ses genoux. Son esprit tournait en boucle, essayant d'assimiler tout ce qu'il avait vu et appris aujourd'hui.

"Qu'est-ce que tu en penses ?" demanda finalement Élise. "Du protocole Lazare."

Il leva les yeux vers elle, cherchant ses mots.

"Je pense que c'est à la fois brillant et terrifiant," dit-il lentement. "Ces gens ont trouvé un moyen de survivre, peut-être même de prospérer, dans un monde qui devrait nous avoir tués. Mais le prix..."

"Le prix est notre humanité," compléta-t-elle doucement. "Du moins, ce que nous définissions comme humanité jusqu'à présent."

Elle vint s'asseoir à côté de lui, leurs épaules se frôlant légèrement.

"Mais que reste-t-il de notre humanité, de toute façon ?" poursuivit-elle. "Le monde que nous connaissions a disparu. La civilisation s'est effondrée. Peut-être que s'accrocher à une définition obsolète de ce qui fait de nous des humains est un luxe que nous ne pouvons plus nous permettre."

Gaëtan la dévisagea, surpris par la direction de ses pensées.

"Tu envisages sérieusement de prendre le sérum ?" demanda-t-il.

Élise détourna le regard, fixant un point invisible sur le mur en face d'eux.

"J'y pense," admit-elle. "Les données sont convaincantes. Les risques sont réels, mais les bénéfices potentiels... Gaëtan, nous sommes tous déjà condamnés. Les radiations que nous avons absorbées ces dernières années nous tuent lentement. C'est juste une question de temps."

Il savait qu'elle avait raison. Ils le savaient tous les deux. Les radiations étaient une sentence de mort à retardement. Les survivants les plus chanceux pourraient tenir encore quelques années avant que le cancer, les défaillances organiques ou les mutations incontrôlées ne les emportent.

"Et toi ?" demanda-t-elle. "Tu n'y as pas pensé, même un instant ?"

Gaëtan ferma les yeux, laissant l'épuisement qu'il retenait depuis si longtemps l'envahir momentanément.

"Je ne sais pas," dit-il honnêtement. "Depuis cinq ans, je survis sans vraiment savoir pourquoi. Par instinct, par habitude, peut-être par culpabilité de n'avoir pas pu sauver ma famille. L'idée de vivre plus longtemps dans ce monde... je ne sais pas si c'est un cadeau ou une malédiction."

Élise prit sa main dans la sienne, un geste simple qui le surprit par son intimité.

"Peut-être que la question n'est pas combien de temps nous vivons, mais comment," dit-elle doucement. "Ces gens ici, malgré leurs transformations, ont quelque chose que nous avons perdu depuis longtemps – un but, une communauté, un espoir pour l'avenir."

Gaëtan sentit sa gorge se serrer. Elle avait mis le doigt sur une vérité qu'il n'avait pas voulu s'avouer. Ce qui l'avait maintenu en vie toutes ces années n'était pas véritablement la volonté de survivre, mais l'incapacité d'abandonner, de lâcher prise. Une forme d'inertie existentielle plutôt qu'un réel désir de vivre.

"Tu crois vraiment qu'ils ont de l'espoir ?" demanda-t-il. "Ou juste une illusion scientifique qui masque le désespoir ?"

"Je crois qu'ils essaient," répondit-elle. "Et c'est déjà plus que ce que la plupart d'entre nous font. Errer, survivre au jour le jour, attendre que la fin arrive..."

Elle se tut, semblant soudain épuisée. La journée avait été longue et éprouvante, physiquement et émotionnellement.

"Tu devrais te reposer," dit Gaëtan. "Ta jambe a besoin de guérir."

Élise hocha la tête mais ne bougea pas immédiatement. Elle semblait vouloir dire quelque chose d'autre.

"Que feras-tu demain ?" demanda-t-elle finalement. "Tu partiras comme tu l'as dit ?"

C'était la question qui le taraudait depuis qu'ils avaient découvert la vérité sur le protocole Lazare. Retourner à sa vie solitaire, à son errance sans but à travers les ruines ? Ou rester ici, s'engager dans cette voie incertaine que proposaient les scientifiques ?

"Je ne sais pas," admit-il. "Et toi ?"

"Je crois que je vais rester," dit-elle. "Au moins un temps. Ils ont besoin de personnes avec une formation médicale. Je pourrais être utile, peut-être même aider à améliorer le sérum, réduire les risques d'échec."

Elle hésita, puis ajouta :

"J'aimerais que tu restes aussi."

La déclaration, simple et directe, le prit au dépourvu. En quelques jours à peine, cette femme s'était frayé un chemin à travers les défenses qu'il avait méticuleusement érigées autour de son cœur. L'idée de la quitter lui causait une douleur qu'il n'avait pas anticipée.

"Pourquoi ?" demanda-t-il, sa voix plus rauque qu'il ne l'aurait souhaité.

"Parce que je ne veux plus être seule," répondit-elle simplement. "Et je pense que toi non plus."

Elle se leva et, après une brève hésitation, se pencha pour déposer un léger baiser sur sa joue.

"Bonne nuit, Gaëtan. Réfléchis-y."

Elle grimpa sur le lit supérieur, lui laissant l'espace dont il avait besoin pour digérer cette conversation.

Allongé dans l'obscurité, Gaëtan fixait le sommier au-dessus de lui, écoutant la respiration d'Élise qui devenait progressivement plus régulière alors qu'elle s'endormait. Son esprit était un tourbillon de pensées contradictoires.

D'un côté, tout son instinct de survie, forgé par cinq années d'isolement et de méfiance, lui criait de partir dès l'aube, de retourner dans les zones sauvages où il connaissait les règles et les dangers. De l'autre, une voix plus faible, presque éteinte, lui suggérait que peut-être, juste peut-être, il avait trouvé un endroit où il pourrait faire plus que simplement survivre.

Et il y avait Élise. Cette femme qu'il connaissait à peine mais qui, en quelques jours, était devenue plus importante pour lui que quiconque depuis la perte de sa famille. Était-ce simplement la solitude qui parlait ? Ou avait-il réellement trouvé une connexion qu'il croyait à jamais perdue ?

Le sommeil le fuyait, et dans la pénombre de cette chambre souterraine, protégé des radiations et des dangers du monde extérieur, Gaëtan se retrouvait confronté à son dilemme le plus profond : continuer à exister comme un fantôme parmi les ruines, ou risquer de devenir autre chose – quelque chose qui n'était peut-être plus tout à fait humain, mais qui pourrait, enfin, être véritablement vivant.

Dehors, au-delà des murs épais de la centrale, le monde irradié poursuivait sa lente transformation, indifférent aux choix des rares survivants qui s'accrochaient encore aux vestiges de l'humanité.

*****

L'aube trouva Gaëtan déjà éveillé, n'ayant dormi que par intermittences. Il s'était levé silencieusement, laissant Élise continuer son sommeil, et avait erré dans les couloirs déserts de la centrale. Ses pas l'avaient mené jusqu'à une petite salle d'observation, une sorte de poste de contrôle avec des fenêtres donnant sur le barrage et la rivière en contrebas.

C'est là qu'Olivier le trouva, contemplant le paysage étrange qui s'étalait devant lui – un lever de soleil sur un monde qui n'existait pas six ans plus tôt.

"Vous avez pris votre décision ?" demanda le scientifique en s'approchant.

Gaëtan ne détourna pas son regard de la fenêtre.

"Pas encore," répondit-il. "J'ai encore des questions."

"Je m'en doutais," dit Olivier avec un léger sourire. "Vous ne seriez pas arrivé jusqu'ici si vous n'étiez pas du genre prudent et réfléchi."

Il s'approcha, observant lui aussi le paysage.

"C'est beau, d'une certaine manière, n'est-ce pas ?" dit-il doucement. "Terrifiant, alien, mais il y a une beauté indéniable dans cette renaissance."

Gaëtan ne pouvait le nier. Les cristallisations qui s'élevaient sur les berges de la rivière captaient la lumière matinale, la fragmentant en arcs-en-ciel impossibles. La végétation mutante ondulait dans la brise légère, ses couleurs iridescentes créant un tableau hypnotique.

"Si le sérum fonctionne," dit finalement Gaëtan, "si l'humanité s'adapte comme vous le prévoyez... qu'est-ce que cela signifie pour notre avenir ? Deviendrons-nous simplement une autre espèce mutante parmi toutes les autres ?"

Olivier réfléchit avant de répondre.

"Je pense que nous deviendrons ce que nous avons toujours été – des adaptateurs. L'humanité a survécu aux âges glaciaires, aux pandémies, aux catastrophes naturelles. Chaque fois, nous nous sommes adaptés. La différence, cette fois, c'est que nous dirigeons consciemment cette adaptation au lieu de la subir passivement."

"Et si nous perdons ce qui fait de nous des humains en cours de route ?" insista Gaëtan.

"Qu'est-ce qui fait de nous des humains, selon vous ?" répliqua Olivier. "Notre apparence physique ? Notre ADN ? Ou notre conscience, notre capacité à ressentir de l'empathie, à créer, à nous souvenir, à rêver d'un avenir meilleur ?"

C'était la question fondamentale, réalisa Gaëtan. Qu'est-ce qui définissait réellement l'humanité ? Et cette essence pouvait-elle survivre à une transformation physique radicale ?

"Vous avez vu nos volontaires," poursuivit Olivier. "Ils ont changé physiquement, certes. Mais parlez-leur. Écoutez-les. Ce sont toujours des personnes, avec des souvenirs, des espoirs, des peurs. Ils aiment, ils souffrent, ils rient. N'est-ce pas là l'essentiel de ce que nous sommes ?"

Gaëtan réfléchit à ces paroles. Il repensa aux survivants transformés qu'il avait rencontrés la veille – leurs corps modifiés, certes, mais leurs yeux reflétaient une conscience indéniablement humaine.

"Et s'il y avait une autre solution ?" demanda-t-il. "Si nous pouvions trouver un moyen de décontaminer le monde, de revenir en arrière ?"

Olivier secoua tristement la tête.

"Nous avons exploré cette voie pendant des années. La réalité est que les niveaux de radiation resteront létaux pour notre espèce pendant des siècles, peut-être des millénaires. Même si nous pouvions décontaminer une petite zone, ce serait comme une goutte d'eau dans l'océan. Non, l'adaptation est notre seul espoir."

Un silence s'installa entre eux, chacun perdu dans ses pensées face à l'immensité de ce futur incertain.

"Élise compte rester," dit finalement Gaëtan.

"Je sais," répondit Olivier. "Elle nous serait précieuse. Et vous aussi."

"Je ne suis pas un scientifique."

"Non, mais vous êtes un survivant. Vous connaissez ce nouveau monde mieux que la plupart d'entre nous. Votre expérience, vos connaissances pratiques – nous en avons besoin autant que de théories et d'équations."

Gaëtan sentit le poids de cette décision sur ses épaules. Rester signifierait s'engager dans une voie sans retour, accepter un avenir où l'humanité elle-même serait redéfinie. Partir signifierait retourner à une existence solitaire, attendre que le temps et les radiations fassent leur œuvre.

Et il y avait Élise. La première personne depuis cinq ans à avoir percé sa carapace, à lui avoir rappelé ce que signifiait se soucier de quelqu'un d'autre.

"J'ai besoin de parler à Élise," dit-il finalement. "Avant de décider."

Olivier acquiesça, comprenant.

"Bien sûr. Elle doit être réveillée maintenant. Vous la trouverez probablement au laboratoire avec Claire."

Gaëtan se détourna de la fenêtre, s'apprêtant à partir, quand un mouvement à l'extérieur attira son attention. Une silhouette se déplaçait furtivement parmi les formations cristallines, à la lisière de la forêt mutante. Une silhouette humanoïde, mais étrangement déformée, se mouvant avec une agilité inquiétante.

"Qu'est-ce que c'est ?" demanda-t-il, pointant du doigt.

Olivier rejoignit la fenêtre, plissant les yeux pour mieux voir.

"Ah," dit-il doucement. "C'est lui. Le troisième. Celui dont nous vous avons parlé hier."

Gaëtan observa la créature avec une fascination mêlée d'horreur. À cette distance, il distinguait vaguement ses caractéristiques – un corps émacié mais puissant, une peau couverte d'excroissances qui semblaient capter la lumière, des membres légèrement allongés et articulés différemment.

"Il revient régulièrement," expliqua Olivier. "Nous avons essayé de communiquer avec lui, mais il fuit toujours. Nous pensons qu'il garde une partie de sa conscience, de ses souvenirs. Peut-être même qu'il nous surveille, curieux de voir ce que nous devenons."

"Un rappel de ce qui pourrait mal tourner," murmura Gaëtan.

"Ou peut-être un aperçu d'un futur possible," répondit Olivier. "Une évolution plus radicale, mais peut-être mieux adaptée à ce nouveau monde que nos transformations plus conservatrices."

La créature leva soudain la tête, comme si elle avait senti qu'on l'observait. Pendant un bref instant, Gaëtan eut l'impression que leurs regards se croisaient à travers la distance. Puis, en un éclair, elle disparut dans la végétation, ne laissant aucune trace de son passage.

Ce bref échange silencieux avait laissé Gaëtan profondément troublé. Il y avait eu quelque chose dans ce regard – une intelligence, une conscience, qui transcendait la barrière de l'espèce. Quelque chose de profondément inquiétant mais aussi étrangement familier.

Il quitta la salle d'observation, l'esprit tourmenté par cette vision et les questions qu'elle soulevait. Le futur de l'humanité se tenait peut-être à la croisée des chemins, et il se retrouvait, par un étrange concours de circonstances, au centre de ce carrefour existentiel.

En marchant vers le laboratoire où il espérait trouver Élise, Gaëtan sentait qu'une partie de lui commençait déjà à accepter l'inévitable. Dans ce monde transformé par le feu nucléaire, l'adaptation n'était pas seulement une option – c'était le seul chemin vers la survie. Restait à savoir quel prix il était prêt à payer pour cette survie, et ce qu'il espérait trouver de l'autre côté de cette transformation.

Partie 5

Gaëtan trouva Élise au laboratoire principal, penchée sur un microscope aux côtés de Claire. Les deux femmes discutaient à voix basse, absorbées par ce qu'elles observaient. Il resta un moment dans l'encadrement de la porte, hésitant à interrompre ce moment de concentration intense.

En la regardant ainsi, plongée dans son élément — l'univers médical qu'elle avait dû abandonner après la catastrophe — il fut frappé par la transformation qui s'était opérée en elle. La femme blessée et épuisée qu'il avait secourue quelques jours plus tôt semblait avoir retrouvé une étincelle de vie, un but qui transcendait la simple survie.

Claire remarqua sa présence en premier et lui fit un signe de tête. Élise se redressa et se tourna vers lui, un léger sourire éclairant son visage.

"Tu es réveillé," dit-elle. "J'ai pensé que tu avais besoin de repos."

"Je ne dors jamais beaucoup," répondit-il, s'approchant d'elles. "Qu'est-ce que vous regardez ?"

Claire s'écarta légèrement, lui faisant signe de s'approcher du microscope.

"Des échantillons de tissus prélevés sur Thomas et deux autres volontaires," expliqua-t-elle. "Nous étudions le processus de régénération cellulaire induit par le sérum."

Gaëtan se pencha et regarda dans l'oculaire, bien qu'il n'ait aucune formation pour interpréter ce qu'il voyait. Des cellules d'un bleu luminescent pulsaient lentement, semblant absorber et émettre de la lumière par vagues.

"Les cellules ne sont pas seulement réparées," expliqua Élise, son enthousiasme professionnel évident. "Elles sont fondamentalement transformées. Elles développent la capacité d'absorber les radiations et de les convertir en une forme d'énergie que le corps peut utiliser. C'est... révolutionnaire."

Gaëtan se redressa, observant son visage animé.

"Tu as l'air convaincue," dit-il doucement.

Elle hocha la tête, son expression devenant plus sérieuse.

"Je le suis. Ce que j'ai vu ici dépasse tout ce que j'aurais pu imaginer. Ce n'est pas seulement un traitement palliatif, Gaëtan. C'est une véritable solution, un moyen de vivre dans ce nouveau monde, pas simplement d'y survivre."

Claire sembla comprendre qu'ils avaient besoin de parler en privé. Elle murmura quelque chose à propos de rejoindre Thomas pour des analyses supplémentaires et quitta discrètement le laboratoire, les laissant seuls.

Dès qu'elle fut partie, Élise se rapprocha de Gaëtan, prenant ses mains dans les siennes.

"Tu as décidé," dit-elle, une question qui n'en était pas vraiment une.

"Pas encore," répondit-il. "Mais je voulais savoir si tu avais pris ta décision."

Elle hocha lentement la tête.

"Je vais prendre le sérum," dit-elle simplement. "Claire m'a expliqué le processus en détail. Les risques sont réels, mais pour moi, ils sont acceptables face aux bénéfices potentiels." Elle hésita, puis ajouta plus doucement : "J'ai eu une exposition massive aux radiations pendant les premières semaines après l'accident, en travaillant à l'hôpital sans protection adéquate. Les symptômes commencent déjà à apparaître. Sans le sérum, mes chances à long terme sont... limitées."

Cette révélation frappa Gaëtan comme un coup physique. L'idée qu'Élise puisse être en train de mourir lentement, que le temps qu'ils pourraient partager soit déjà compté, créait en lui une douleur aiguë qu'il n'avait pas anticipée.

"Quand ?" demanda-t-il, sa voix à peine audible.

"Demain," répondit-elle. "Claire veut faire quelques analyses supplémentaires aujourd'hui, pour adapter le dosage à mon profil génétique spécifique."

Gaëtan acquiesça lentement, assimilant cette information. Le temps pressait, les décisions devaient être prises.

"Et toi ?" demanda-t-elle, cherchant son regard. "Qu'est-ce que tu vas faire ?"

Il y avait tant de choses qu'il voulait lui dire, tant d'émotions qu'il avait enfouies pendant des années et qui remontaient maintenant à la surface, menaçant de le submerger. La peur de perdre à nouveau quelqu'un d'important, la culpabilité de survivre, l'épuisement de cette existence solitaire...

"Je ne sais pas si je peux encore faire partie de quelque chose," admit-il finalement. "Je me suis isolé si longtemps, j'ai construit des murs autour de moi pour me protéger de la douleur, de l'attachement..."

"Je sais," dit-elle doucement. "Je comprends mieux que tu ne le crois. Nous portons tous nos cicatrices, Gaëtan. Certaines sont juste plus visibles que d'autres."

Elle effleura la marque sur sa propre joue, puis, dans un geste d'une tendresse surprenante, posa sa main sur la poitrine de Gaëtan, à l'endroit du cœur.

"Mais ce qui est brisé peut être réparé," poursuivit-elle. "Pas comme avant, jamais exactement comme avant. Mais quelque chose de nouveau peut émerger des fractures. Quelque chose de différent, mais peut-être tout aussi précieux."

Ses paroles résonnaient en lui, faisant écho à ses propres pensées inavouées. N'était-ce pas ce qu'il avait observé dans la nature elle-même ? Les plantes mutantes qui s'épanouissaient là où leurs ancêtres n'auraient pu survivre, les créatures adaptées qui prospéraient dans ce nouveau monde hostile...

"J'ai peur," admit-il finalement, les mots arrachés du plus profond de lui-même. "Pas de mourir. Pas même de changer. J'ai peur de revivre, de ressentir à nouveau, puis de tout perdre encore une fois."

Élise hocha la tête, comprenant parfaitement.

"La douleur est le prix de l'attachement," dit-elle. "Mais l'alternative — cette existence spectrale, cette survie sans vie véritable — est-ce vraiment préférable ?"

La question planait entre eux, lourde de sens et d'implications. De l'autre côté du laboratoire, une série d'échantillons de tissus brillait doucement dans leurs éprouvettes, témoins silencieux de la transformation qui attendait Élise — et peut-être lui aussi.

"Non," dit-il finalement. "Non, ce n'est pas préférable."

Il prit une profonde inspiration, comme un homme sur le point de plonger dans des eaux inconnues.

"Je vais rester," dit-il. "Pour l'instant, du moins. Je veux être là... pour toi. Pour voir si..."

Il ne termina pas sa phrase, incertain de comment exprimer ce qu'il ressentait.

"Pour voir si nous pouvons construire quelque chose à partir des ruines," compléta-t-elle doucement.

Il hocha la tête, reconnaissant qu'elle comprenne ce qu'il n'arrivait pas à formuler.

"Et le sérum ?" demanda-t-elle, sa voix neutre, ne cherchant pas à l'influencer.

"Je veux d'abord voir comment cela se passe pour toi," répondit-il honnêtement. "Je ne rejette pas l'idée. Mais je ne suis pas encore prêt."

Elle accepta sa réponse d'un signe de tête, sans jugement, sans pression.

"C'est équitable," dit-elle. "Chacun son rythme."

Un silence confortable s'installa entre eux, chargé non plus d'anxiété mais d'une étrange paix — l'acceptation d'un futur incertain mais partagé.

*****

La journée passa rapidement, rythmée par les préparatifs pour la procédure d'Élise. Gaëtan l'observait se soumettre aux multiples analyses avec un mélange d'admiration et d'appréhension. Elle abordait sa transformation imminente avec un courage tranquille qui le touchait profondément.

Ce soir-là, la communauté du barrage organisa un repas commun, une sorte de rituel qu'ils pratiquaient avant chaque nouvelle administration du sérum. Thomas expliqua à Gaëtan que cela permettait au nouveau membre potentiel de se familiariser avec le groupe, et vice versa.

La salle commune de la centrale avait été transformée en un espace chaleureux, éclairé par des lampes à huile et des bougies qui donnaient une atmosphère presque cérémonielle. Une longue table accueillait la quinzaine d'habitants permanents, ainsi que Gaëtan et Élise.

Ce qui frappa Gaëtan durant ce repas, c'était la normalité de l'interaction entre les personnes transformées et les quelques scientifiques non modifiés. Malgré leurs différences physiques évidentes — la peau iridescente, les yeux aux pupilles modifiées, les légères altérations anatomiques — ils parlaient, riaient et partageaient comme n'importe quelle communauté humaine l'aurait fait avant la catastrophe.

Une femme d'une quarantaine d'années, prénommée Sophia, s'assit à côté de Gaëtan. Sa transformation était parmi les plus visibles : sa peau avait une teinte violacée et ses yeux, entièrement noirs, reflétaient la lumière comme des miroirs.

"C'est déstabilisant au début," dit-elle, remarquant son regard. "De nous voir ainsi."

Gaëtan eut la décence de paraître embarrassé d'avoir été pris en train de l'observer.

"Pardon," dit-il. "Je ne voulais pas..."

"Ne vous excusez pas," l'interrompit-elle avec un sourire. "La curiosité est naturelle. J'étais biologiste marine avant tout ça. Je passais ma vie à observer des créatures étranges et merveilleuses. Maintenant, je suis devenue l'une d'elles."

Elle ne semblait pas amère, simplement factuelle.

"Comment c'était ?" demanda Gaëtan, incapable de retenir sa curiosité. "La transformation."

Sophia réfléchit un moment, cherchant visiblement les mots justes.

"Physiquement, c'est... intense. De la fièvre, des douleurs articulaires, une sensibilité extrême à la lumière et au son. Comme une grippe surpuissante, mais multipliée par cent. Cela dure environ trois jours." Elle fit une pause. "Mais mentalement, c'est autre chose. Vos sens s'éveillent à des stimuli que vous n'auriez jamais perçus auparavant. Vous commencez à voir des spectres de lumière invisibles aux yeux humains ordinaires. À entendre des fréquences nouvelles. À ressentir le monde différemment."

Elle leva sa main, la tourna vers la lumière, révélant comment sa peau semblait absorber et réfléchir différentes longueurs d'onde.

"Ce n'est pas seulement une transformation du corps," poursuivit-elle. "C'est une transformation de la perception. Du rapport au monde. De soi-même."

"Et vous ne regrettez pas ?" demanda Gaëtan. "Vous ne vous sentez jamais... moins humaine ?"

Sophia le regarda longuement, ses yeux noirs insondables.

"Qu'est-ce que l'humanité, Gaëtan ? Notre apparence ? Notre ADN ? Notre histoire ? Notre conscience ?" Elle secoua doucement la tête. "J'ai les mêmes souvenirs qu'avant. J'aime toujours Bach et Debussy. Je pleure encore en pensant à ma fille que j'ai perdue dans la catastrophe. Je m'émerveille toujours devant un coucher de soleil. Ne sont-ce pas là les marqueurs de notre humanité, bien plus que la couleur de notre peau ou la forme de nos pupilles ?"

Ces paroles faisaient écho à celles d'Olivier, plus tôt dans la journée. Gaëtan commençait à comprendre que cette question de l'identité humaine, loin d'être théorique, était au cœur même de la survie dans ce nouveau monde.

De l'autre côté de la table, Élise discutait avec Thomas et Claire, prenant des notes dans un petit carnet. Elle semblait déjà faire partie de cette communauté, comme si elle avait trouvé la place qui lui était destinée depuis le début. Parfois, elle levait les yeux et croisait le regard de Gaëtan, lui offrant un sourire discret mais chaleureux qui créait en lui un sentiment qu'il croyait avoir perdu à jamais – l'espoir.

Après le repas, alors que les conversations se poursuivaient en petits groupes, Olivier se leva et demanda l'attention de tous.

"Demain," annonça-t-il, "nous accueillerons officiellement Élise dans notre communauté à travers le protocole Lazare. C'est un jour important pour nous tous – chaque nouveau membre renforce notre avenir collectif et enrichit notre compréhension du processus d'adaptation."

Il leva un verre d'eau purifiée, un toast sobre mais significatif dans ce monde où même l'eau propre était devenue un luxe.

"À Élise," dit-il, "et à l'avenir qu'ensemble nous construisons."

Tous levèrent leurs verres, répétant à l'unisson : "À Élise et à l'avenir."

Gaëtan observa la scène avec une émotion complexe. Il y avait quelque chose de profondément touchant dans cette cérémonie improvisée, ce rituel qui créait du sens et de la cohésion au milieu du chaos. Ces gens avaient réussi à préserver quelque chose d'essentiel que le monde extérieur avait largement perdu – un sentiment d'appartenance, de communauté, de but partagé.

Plus tard, alors qu'ils regagnaient leur chambre pour la nuit, Gaëtan sentit qu'Élise était nerveuse malgré sa détermination apparente.

"Comment te sens-tu ?" demanda-t-il doucement lorsqu'ils furent seuls.

Elle exhala lentement, s'asseyant sur le bord du lit inférieur.

"Terrifiée," admit-elle avec un petit rire. "Excitée. Reconnaissante. Inquiète. Tout à la fois."

Gaëtan s'assit à côté d'elle, plus proche qu'il ne l'aurait osé hier encore.

"C'est normal, je pense," dit-il. "Tu te prépares à un voyage sans précédent."

"Ce qui me rassure," poursuivit-elle, "c'est que je ne serai pas seule. D'autres l'ont fait avant moi. Et..."

Elle hésita, puis tourna son visage vers lui.

"Et tu seras là."

Ce n'était pas une question, mais il y avait une vulnérabilité dans sa voix qui toucha Gaëtan jusqu'au cœur.

"Je serai là," confirma-t-il. "À chaque étape."

Un silence s'installa entre eux, non pas inconfortable mais chargé de tout ce qui n'avait pas besoin d'être dit. Finalement, dans un geste d'une spontanéité qui le surprit lui-même, Gaëtan tendit la main et caressa doucement la joue d'Élise, effleurant sa cicatrice du bout des doigts.

"Quand Claire m'a expliqué le processus," murmura Élise, "elle a dit que les cicatrices disparaîtraient. Que le sérum régénérerait même les tissus anciennement endommagés."

"Est-ce que ça t'attriste ?" demanda Gaëtan. "De perdre cette marque ?"

Elle réfléchit un moment.

"Un peu. Elle fait partie de mon histoire, de qui je suis devenue. Mais je suppose que nous porterons toujours nos cicatrices intérieures, n'est-ce pas ? Celles qui comptent vraiment."

Gaëtan acquiesça, comprenant parfaitement ce qu'elle voulait dire. Les vraies blessures, celles qui définissaient leurs existences post-catastrophe, n'étaient pas celles inscrites dans leur chair.

"Dors maintenant," dit-il doucement. "Demain sera une longue journée."

Élise hocha la tête, mais ne fit aucun mouvement pour grimper sur le lit supérieur. Au lieu de cela, elle se tourna légèrement vers lui.

"Gaëtan," dit-elle, sa voix à peine plus qu'un murmure, "si quelque chose se passe mal demain... si je deviens comme ce troisième dont ils parlent..."

"Ne pense pas à ça," tenta-t-il de l'interrompre, mais elle secoua la tête.

"Non, écoute-moi. Si cela arrive, je veux que tu me promettes de ne pas me traquer. De ne pas essayer de me 'sauver'. De me laisser partir, devenir ce que je dois devenir."

La demande le prit au dépourvu par sa franchise et sa lucidité. Elle avait envisagé le pire scénario et l'acceptait comme une possibilité réelle.

"Je te le promets," dit-il finalement, comprenant l'importance de cet engagement. "Mais cela n'arrivera pas."

"Tu n'en sais rien," sourit-elle tristement. "Personne ne le sait."

"Non," admit-il. "Mais j'ai foi en toi. En ta force."

Ces mots, si simples mais si sincères, semblèrent l'apaiser. Elle se pencha vers lui et, dans un geste d'une douceur infinie, posa ses lèvres sur les siennes. Le baiser fut bref, presque chaste, mais chargé d'une émotion qui transcendait leur situation désespérée.

"Merci," murmura-t-elle en se retirant. "Pour tout."

Cette nuit-là, ils dormirent côte à côte sur le lit inférieur, blottis l'un contre l'autre comme deux enfants cherchant du réconfort dans l'obscurité. Ce n'était pas un geste de passion, mais de connexion humaine – le besoin fondamental de sentir qu'on n'est pas seul face à l'inconnu.

*****

L'aube se levait, teintant le ciel visible depuis les rares fenêtres de la centrale de nuances rosées et violacées. Gaëtan s'éveilla en sentant Élise bouger à ses côtés. Elle était déjà alerte, ses yeux fixés sur le plafond, perdue dans ses pensées.

"Prête ?" demanda-t-il doucement.

Elle tourna la tête vers lui, un léger sourire aux lèvres.

"Aussi prête qu'on peut l'être pour renaître," répondit-elle.

Ils se préparèrent en silence, chacun respectant l'espace mental de l'autre. Une heure plus tard, Claire vint les chercher pour les conduire au laboratoire principal, transformé pour l'occasion en salle de procédure médicale.

L'espace était immaculé, les surfaces stérilisées, l'équipement disposé avec précision. Au centre se trouvait une table d'examen médicalisée entourée d'appareils de monitoring. À côté, sur un petit plateau, reposait une seringue contenant un liquide bleuté luminescent – le sérum du protocole Lazare.

Olivier et Thomas étaient déjà là, vêtus de blouses stériles. Quatre autres membres transformés de la communauté se tenaient en retrait, formant une sorte de cercle protecteur autour de la scène.

"Nous sommes prêts quand tu l'es," dit Claire à Élise.

Élise hocha la tête, puis se tourna vers Gaëtan. Sans un mot, elle lui tendit le carnet de Claire qu'il lui avait confié.

"Garde-le," dit-elle simplement. "Pour te rappeler que les histoires peuvent avoir différentes fins."

Gaëtan prit le carnet, touché par le symbolisme de ce geste. Il voulait dire quelque chose, trouver les mots justes pour ce moment, mais les émotions nouaient sa gorge.

"Je serai là," dit-il finalement, répétant sa promesse de la veille.

Élise sourit, puis se dirigea vers la table d'examen. Elle s'allongea pendant que Claire attachait divers capteurs à son corps. Thomas vérifiait les moniteurs, ajustant des paramètres, murmurant des instructions techniques à Olivier.

"Le processus se déroule en trois phases," expliqua Claire à Gaëtan, sentant son besoin de comprendre. "D'abord l'injection du sérum, suivie d'une période d'intégration qui dure environ douze heures. C'est la phase la plus délicate, où les risques de rejet sont les plus élevés. Ensuite vient la phase de transformation active, qui dure généralement entre 48 et 72 heures. C'est... éprouvant pour le patient. Enfin, la phase de stabilisation, où les nouvelles cellules atteignent un équilibre."

Gaëtan hocha la tête, assimilant ces informations tout en gardant son regard fixé sur Élise. Elle semblait calme maintenant, presque sereine, comme si elle avait dépassé la peur pour atteindre une forme d'acceptation.

Olivier s'approcha avec la seringue contenant le sérum luminescent.

"Dernière chance de changer d'avis," dit-il doucement à Élise.

"Procédez," répondit-elle sans hésitation.

Olivier acquiesça, puis inséra l'aiguille dans la veine du bras d'Élise. Lentement, délibérément, il injecta le liquide bleuté, qui semblait presque vivant sous la lumière crue du laboratoire.

Pendant quelques minutes, rien ne sembla se passer. Les moniteurs bipaient régulièrement, indiquant des signes vitaux normaux. Puis, progressivement, le rythme cardiaque d'Élise commença à s'accélérer. Sa respiration devint plus rapide, plus laborieuse.

"C'est normal," assura Claire à Gaëtan, qui s'était inconsciemment rapproché. "Le corps réagit à l'introduction du sérum."

Les heures qui suivirent furent parmi les plus longues de la vie de Gaëtan. Il resta auprès d'Élise alors que la fièvre montait, que son corps se tendait sous l'effet de spasmes occasionnels, que sa peau commençait à développer une légère luminescence sous certains angles. Les scientifiques se relayaient pour surveiller les moniteurs, ajuster les traitements de soutien, mais Gaëtan ne quitta pas son poste.

Pendant les brefs moments de lucidité d'Élise, il lui parlait doucement, lui racontant des histoires de son passé qu'il n'avait jamais partagées avec personne, lui décrivant les endroits préservés qu'il avait découverts lors de ses errances solitaires, lui promettant silencieusement un avenir où ils exploreraient ensemble ce monde transformé.

La nuit tomba, puis l'aube revint, sans que l'état d'Élise change significativement. Elle oscillait entre conscience et inconscience, parfois murmurant des mots incompréhensibles, parfois fixant Gaëtan avec une intensité troublante, comme si elle le voyait différemment à travers ses sens en mutation.

"Elle s'en sort bien," dit Thomas à la fin du deuxième jour, vérifiant les données biométriques. "Ses cellules acceptent le sérum. La transformation progresse de façon stable."

Gaëtan acquiesça, épuisé mais soulagé. Les signes de changement étaient maintenant visibles à l'œil nu – la peau d'Élise avait développé un subtil motif iridescent, semblable à des écailles microscopiques qui captaient et réfractaient la lumière. Ses cheveux avaient pris des reflets bleutés, et ses yeux, lorsqu'ils étaient ouverts, révélaient des pupilles légèrement allongées, presque félines.

La troisième nuit, alors que la phase de transformation atteignait son paroxysme, Gaëtan s'assoupit brièvement sur sa chaise à côté de la table d'examen. Il fut réveillé par une légère pression sur sa main. Élise était consciente, ses nouveaux yeux le fixant avec une clarté qui le surprit.

"Gaëtan," murmura-t-elle, sa voix légèrement altérée, plus mélodieuse qu'auparavant. "C'est... incroyable."

"Comment te sens-tu ?" demanda-t-il, serrant doucement sa main.

"Différente," répondit-elle simplement. "Complète. Comme si toute ma vie j'avais été partiellement aveugle, sourde, insensible, et que soudain tous mes sens s'étaient éveillés pleinement."

Elle tourna légèrement la tête, observant la pièce.

"Je vois des couleurs qui n'existaient pas avant. J'entends le bourdonnement électrique des appareils, le battement de ton cœur, le flux de ton sang. Je sens la composition chimique de l'air." Elle reporta son regard sur lui. "Et je te vois, Gaëtan. Vraiment. Jusqu'au cœur."

Ces paroles auraient pu sembler effrayantes, mais il y avait une telle douceur, une telle humanité dans sa voix que Gaëtan ne ressentit aucune crainte – seulement une profonde fascination et une étrange envie.

"Je suis toujours moi," ajouta-t-elle, comme si elle lisait ses pensées. "Juste... plus. Comme si quelqu'un avait augmenté le volume et la résolution de l'existence."

Elle ferma les yeux, épuisée par cet effort de communication, et retomba dans un sommeil réparateur. Gaëtan resta là, contemplant son visage transformé, réalisant qu'il était en train de tomber amoureux non pas malgré sa métamorphose, mais en partie à cause d'elle – car elle représentait la possibilité même de renaissance dans ce monde dévasté.

*****

Le quatrième jour, Élise fut officiellement déclarée stable. La transformation s'était accomplie sans complications majeures. Elle était faible, bien sûr, son corps ayant subi un stress physiologique intense, mais les scientifiques étaient optimistes quant à son rétablissement complet.

On la transféra dans une chambre plus confortable, avec un vrai lit et une fenêtre donnant sur le barrage et la rivière en contrebas. Gaëtan l'aidait à se déplacer, s'émerveillant de la légèreté nouvelle de son corps, de la grâce fluide de ses mouvements.

"Tu dois te reposer maintenant," dit-il alors qu'elle s'installait dans le lit. "Récupérer tes forces."

Élise hocha la tête, mais ses nouveaux yeux – d'un bleu profond strié de motifs dorés – restaient intensément alertes, comme si elle n'arrivait pas à se détacher de la contemplation du monde avec ses sens amplifiés.

"C'est difficile de se reposer," admit-elle. "Tout est si... vif. Si présent."

"Tu t'y habitueras," dit une voix depuis l'entrée. C'était Sophia, venue rendre visite à la nouvelle initiée. "Au début, c'est comme être bombardé de stimuli. Mais ton cerveau apprendra à filtrer, à hiérarchiser. Cela prend quelques semaines."

Elle s'approcha, portant un petit bol contenant un liquide verdâtre.

"Une infusion spéciale," expliqua-t-elle. "Des plantes que nous cultivons ici, adaptées pour nos nouveaux métabolismes. Cela t'aidera à dormir."

Élise accepta le bol avec gratitude, buvant lentement le liquide au goût étrangement complexe.

"Tu as pris ta décision ?" demanda Sophia à Gaëtan après un moment de silence.

Il savait exactement de quoi elle parlait.

"Pas encore," répondit-il. "Mais je me rapproche."

Sophia sourit, un geste qui, malgré son visage transformé, restait profondément humain et chaleureux.

"Prends ton temps," dit-elle. "C'est un choix que personne ne peut faire pour toi."

Après son départ, Élise lutta encore un moment contre le sommeil, semblant vouloir dire quelque chose à Gaëtan.

"Plus tard," dit-il doucement, caressant ses cheveux aux reflets bleutés. "Tu as toute une nouvelle vie devant toi. Nous avons le temps."

Elle sourit, ses paupières s'alourdissant sous l'effet de l'infusion.

"Nous avons le temps," répéta-t-elle dans un murmure. "C'est étrange de pouvoir dire cela à nouveau."

Puis elle s'endormit, son visage transformé paisible dans la lumière dorée du soir.

Gaëtan resta assis à côté d'elle un long moment, contemplant le miracle de sa survie, de sa transformation. À travers la fenêtre, il observait le paysage irradié, ses couleurs impossibles, ses formes étranges, sa beauté alien.

Ce n'était plus le monde qu'il avait connu. Ce n'était plus la vie qu'il avait imaginée. Élise n'était plus tout à fait la femme qu'il avait secourue dans les ruines de Neuvic. Et lui-même n'était plus l'homme solitaire et brisé qui errait sans but à travers les cendres de la civilisation.

Tout avait changé. Tout continuait de changer.

Et pour la première fois depuis la catastrophe, cette pensée ne l'emplissait plus de terreur ou de désespoir, mais d'un sentiment qu'il avait presque oublié – la curiosité. Le désir de voir ce qui viendrait ensuite, de participer à l'émergence de ce nouveau monde, de cette nouvelle humanité.

Gaëtan se leva doucement pour ne pas réveiller Élise et se dirigea vers la fenêtre. Le soleil se couchait, teintant le ciel de couleurs impossibles – des violets, des verts, des bleus que l'atmosphère pré-catastrophe n'aurait jamais pu produire. La lumière se réfractait à travers les particules radioactives en suspension, créant des halos et des arcs lumineux qui dansaient au-dessus de l'horizon.

Au loin, à la lisière de la forêt mutante, il aperçut à nouveau la silhouette du "troisième" – cette créature qui avait été humaine et qui était maintenant... autre chose. Elle se tenait immobile, observant la centrale, comme un témoin silencieux de cette tentative de l'humanité de négocier avec son propre futur.

Dans un geste que lui-même ne comprit pas entièrement, Gaëtan leva la main en signe de reconnaissance, de salut. À sa grande surprise, la créature répondit par un mouvement similaire avant de disparaître dans les profondeurs des bois.

Ce bref échange le laissa étrangement ému, comme s'il venait d'entrevoir une possibilité encore plus radicale que celle proposée par le protocole Lazare – non pas seulement une adaptation, mais une véritable transcendance.

Peut-être, pensa-t-il, que l'avenir de notre espèce ne se résume pas à une seule voie. Peut-être y a-t-il différentes façons d'être "humain" dans ce nouveau monde.

Derrière lui, Élise dormait paisiblement, son corps luminescent dans la pénombre grandissante. Devant lui s'étendait un paysage transformé, pulsant d'une vie nouvelle et étrange. Et quelque part entre les deux, Gaëtan sentait sa propre humanité se redéfinir, s'étirer vers de nouvelles possibilités.

Il prit sa décision.

Le matin suivant, il demanderait à Olivier de lui parler du protocole Lazare – non plus en tant qu'observateur sceptique, mais en tant que candidat volontaire. Il rejoindrait Élise dans cette nouvelle forme d'existence, ce nouveau chapitre de l'évolution humaine.

Non par désespoir ou par peur de la mort, mais par choix conscient. Par désir de vie, de connexion, d'avenir.

Dans un monde de cendres atomiques, ils créeraient ensemble quelque chose de nouveau, quelque chose qui transcenderait la simple survie pour atteindre une véritable renaissance.

Le compteur Geiger à sa ceinture émettait son crépitement familier, mesurant les radiations qui saturaient l'air. Mais pour la première fois, Gaëtan n'entendait plus ce son comme un rappel constant de la mort qui rôdait, mais comme le battement de cœur d'un monde en transformation – un monde dont lui aussi, bientôt, ferait pleinement partie.

Il retourna s'asseoir près d'Élise, prenant sa main transformée dans la sienne, attendant patiemment qu'elle s'éveille dans sa nouvelle existence. Et ensemble, ils marcheraient vers cet horizon incertain, non plus comme des fantômes parmi les ruines, mais comme les précurseurs d'une humanité réinventée, adaptée au monde qu'elle avait elle-même créé dans sa folie, et qu'elle apprenait maintenant, humblement, à habiter.

FIN

L'ÉCHO DU SILENCE

Les ruines de la foi

Le père Thomas referma délicatement le livre aux pages jaunies et leva les yeux vers la voûte effondrée de l'église. Le ciel gris de novembre s'infiltrait par les béances de la toiture, projetant des rayons ternes sur les bancs en bois moisis. Les vitraux qui avaient survécu, fragmentés mais toujours en place, filtraient une lumière colorée qui n'illuminait plus personne. Cela faisait trois ans qu'il officiait devant une assemblée fantôme.

« Notre Père qui êtes aux cieux... », murmura-t-il, sa voix résonnant dans l'édifice vide. Puis il s'interrompit, comme toujours. La suite des mots lui échappait, non par oubli, mais par doute. Qui écoutait encore ? Et pourquoi continuer à parler à un dieu qui avait abandonné l'humanité ?

Thomas n'était plus vraiment prêtre. Plus vraiment croyant, non plus. Mais il était difficile d'abandonner quarante années d'habitudes. Il venait encore chaque matin dans cette église Saint-Michel, l'une des rares structures encore debout dans ce qui avait été la petite ville de

Mornay, à l'est de la France. Une ville qui comptait jadis près de huit mille âmes, et qui n'en abritait désormais plus qu'une centaine, dispersées dans les habitations encore intactes ou dans les abris improvisés.

Il quitta l'autel, ses pas résonnant sur les dalles fissurées. Son rituel matinal achevé, il pouvait maintenant se consacrer à sa véritable occupation : la survie. Thomas avait abandonné la soutane pour des vêtements pratiques – un pantalon de toile usé et une veste de laine rapiécée. À soixante-deux ans, il ne s'était jamais imaginé finir ainsi, à gratter la terre pour y faire pousser des légumes et à réparer des tuyauteries pour récupérer l'eau de pluie.

Le monde avait basculé cinq ans auparavant. Pas d'un seul coup, comme dans les films catastrophe qu'il regardait autrefois en se moquant de leur invraisemblance. Non, l'effondrement avait été progressif, une succession de crises qui s'étaient enchaînées et amplifiées. Une pandémie mondiale, suivie d'une crise économique sans précédent, puis des conflits pour l'accès aux ressources, et enfin, le coup de grâce : l'effondrement des réseaux de communication et d'énergie. Internet avait disparu, puis l'électricité était devenue intermittente avant de s'éteindre complètement dans la plupart des régions. Les gouvernements s'étaient fragmentés, incapables de maintenir l'ordre sur leurs territoires. Aujourd'hui, chaque communauté était livrée à elle-même.

Mais Thomas savait que la véritable catastrophe n'était pas matérielle. Elle était spirituelle. Quand les superstructures qui donnaient sens à l'existence humaine s'étaient effondrées, quelque chose de plus profond s'était brisé. Les églises s'étaient vidées. Les mosquées et les synagogues aussi. Ce n'était pas simplement l'abandon de la religion organisée – c'était l'effondrement du sens.

Sur le parvis de l'église, Thomas s'arrêta pour observer la place du village. L'ancienne mairie, de l'autre côté, servait maintenant de centre de distribution pour les quelques ressources que la communauté parvenait à rassembler. Une file d'une dizaine de personnes attendait déjà, récipients en main, pour la distribution d'eau potable du jour.

« Bonjour, Père », lança Élise, une femme d'une quarantaine d'années qui traversait la place. Thomas grimaça légèrement – il détestait qu'on l'appelle encore ainsi, mais les habitudes avaient la vie dure.

« Bonjour, Élise. Comment va Alex ? »

Le visage de la femme s'assombrit. « Toujours pareil. Il refuse de sortir. Il passe ses journées à lire ses vieux livres et à écrire dans son journal. J'ai peur pour lui, vous savez. »

Thomas hocha la tête. Alex, le fils d'Élise, était l'un de ces jeunes qui n'avaient pas réussi à s'adapter. À vingt-cinq ans, il avait été témoin de l'effondrement à l'âge où l'on construit ses rêves d'avenir. Tout ce pour quoi il avait étudié – l'informatique, les réseaux – était devenu inutile du jour au lendemain. Comme tant d'autres, il s'était retrouvé orphelin d'un futur qui n'existait plus.

« Je passerai le voir demain », promit Thomas.

Élise le remercia d'un signe de tête avant de rejoindre la file d'attente. Thomas reprit sa route vers le potager communautaire qu'il avait contribué à établir derrière les ruines de l'école primaire. Son dos protestait déjà à l'idée des heures de bêchage qui l'attendaient, mais le travail physique avait au moins le mérite de faire taire ses pensées.

*****

« Thomas, je peux te parler ? »

Le prêtre se redressa, une main au creux des reins. Emma, la doyenne du conseil communautaire, se tenait à l'entrée du potager. À soixante-dix ans, elle était l'une des seules à avoir connu une autre crise majeure dans sa jeunesse, et son pragmatisme en avait fait la leader naturelle de la communauté.

« Bien sûr, Emma. Un problème ? »

« Pas exactement. Mais j'aimerais discuter de quelque chose avec toi. En privé. »

Thomas abandonna sa bêche et suivit la vieille femme jusqu'à l'ancien préau. Emma s'assit sur un banc de pierre et l'invita à faire de même.

« Tu te souviens de ces gens dont nous a parlé Jacques, le mois dernier ? »

Thomas fronça les sourcils. Jacques était l'un des hommes qui partaient régulièrement en expédition pour explorer les environs et établir des contacts avec d'autres communautés.

« Les Éveillés ? Ce groupe qui s'est installé dans l'ancien monastère de Saint-Léger ? »

Emma hocha la tête. « Ils ont envoyé quelqu'un. Une femme nommée Sofia. Elle est arrivée ce matin et demande à nous parler de leur... philosophie. »

Thomas sentit une boule se former dans son estomac. Depuis l'effondrement, de nombreux cultes avaient émergé. Des groupes qui proposaient des explications simplistes à la catastrophe et des solutions miraculeuses. Certains étaient relativement inoffensifs, d'autres dangereux. Ils exploitaient la détresse et le besoin de sens des survivants.

« Qu'est-ce qu'ils veulent ? »

« Ils proposent un échange. Des connaissances contre des ressources. Ils prétendent avoir développé une nouvelle approche spirituelle adaptée au monde d'après. Quelque chose qui mêle science et spiritualité. » Emma marqua une pause. « Je sais ce que tu en penses, Thomas. Mais les gens ont besoin de croire en quelque chose. »

Thomas laissa échapper un rire amer. « Et tu penses que je suis le mieux placé pour évaluer ce nouveau culte ? Moi qui ai perdu ma propre foi ? »

« Justement », répondit Emma, ses yeux plissés le scrutant avec intensité. « Tu es le seul qui puisse l'approcher avec un regard critique mais informé. Tu connais les mécanismes de la foi, mais tu n'es plus aveuglé par elle. »

Thomas soupira, passant une main sur son visage fatigué. « Où est-elle ? »

« Dans l'ancienne bibliothèque. Elle t'attend. »

*****

La bibliothèque municipale était l'un des bâtiments qui avaient le mieux survécu. Ses murs épais et son toit d'ardoise avaient résisté aux intempéries. À l'intérieur, des rayonnages encore remplis de livres occupaient l'espace central. Beaucoup avaient été consultés ces dernières années, quand internet n'était plus là pour répondre aux questions pratiques : comment cultiver sans pesticides, comment conserver les aliments sans réfrigération, comment construire une éolienne artisanale.

Sofia attendait près de la section philosophie, un livre ouvert entre les mains. Elle était plus jeune que Thomas ne l'avait imaginé, peut-être trente-cinq ans. Grande et mince, elle portait une simple tunique grise sur un pantalon noir. Ses cheveux bruns étaient rassemblés en une tresse qui tombait sur son épaule droite. Mais ce qui frappa Thomas, ce fut son regard – des yeux d'un bleu profond qui semblaient porter en eux une sérénité dérangeante, presque surnaturelle dans ce monde chaotique.

« Père Thomas ? » dit-elle en refermant son livre.

« Juste Thomas », corrigea-t-il automatiquement.

Un sourire étira les lèvres de Sofia. « Les titres sont difficiles à abandonner, n'est-ce pas ? Ils deviennent une partie de notre identité. »

L'observation, trop perspicace, mit Thomas mal à l'aise. « Emma m'a dit que vous vouliez me parler. »

Sofia acquiesça. « Je représente la communauté des Éveillés. Nous sommes établis à — »

« Je sais où vous êtes », l'interrompit Thomas. « Ce que je veux savoir, c'est ce que vous êtes et ce que vous voulez de nous. »

Si la brusquerie de Thomas la surprit, Sofia n'en montra rien. Elle se contenta de hocher la tête, comme si elle comprenait parfaitement sa méfiance.

« Nous sommes un groupe de personnes qui cherchent à comprendre et à accepter ce qui est arrivé au monde. Pas simplement l'effondrement matériel – celui-là est évident – mais l'effondrement spirituel qui l'a accompagné. Nous pensons que la catastrophe que nous vivons n'est pas seulement une fin, mais aussi un commencement. »

Thomas croisa les bras. Il avait entendu ce genre de discours auparavant.

« Et vous avez trouvé une vérité que personne d'autre n'a comprise ? » demanda-t-il avec sarcasme.

Sofia secoua la tête. « Non, nous ne prétendons pas détenir la vérité. Nous cherchons. Nous expérimentons. Nous essayons de créer un nouveau cadre de compréhension qui donne du sens à notre existence, maintenant que les anciens cadres se sont effondrés. »

« En récupérant des morceaux des religions existantes ? »

« En partie, oui. Mais pas seulement. Nous intégrons aussi des connaissances scientifiques, des pratiques psychologiques, des sagesses anciennes. Nous ne rejetons rien a priori. »

Thomas était surpris par sa franchise. La plupart des nouveaux mouvements qu'il avait rencontrés se présentaient comme les détenteurs d'une vérité exclusive et supérieure.

« Et concrètement, qu'est-ce que ça donne ? »

Sofia lui tendit le livre qu'elle tenait à la main. C'était un ouvrage sur la physique quantique, qu'elle avait annoté dans les marges.

« Nous pensons que la compréhension de la réalité telle que décrite par la physique moderne n'est pas incompatible avec une forme de spiritualité. Si la matière n'est qu'énergie condensée, si l'observateur influence ce qu'il observe, si tout est interconnecté au niveau subatomique... cela ouvre des perspectives que les anciennes traditions avaient peut-être déjà intuitionnées. »

Thomas feuilleta le livre, sceptique. « Et en quoi ça aide les gens à survivre ? À trouver de la nourriture ? À ne pas désespérer face à tout ce que nous avons perdu ? »

Le regard de Sofia s'intensifia. « Ça ne résout pas les problèmes pratiques. Nous avons d'autres connaissances pour cela – des techniques agricoles, des méthodes de conservation, des savoirs médicaux. Mais cette compréhension répond à un besoin plus profond : savoir pourquoi nous nous battons pour survivre. Avoir une vision qui dépasse la simple subsistance. »

Elle marqua une pause, observant Thomas avec attention.

« Vous avez perdu votre foi, n'est-ce pas ? »

La question, directe et personnelle, prit Thomas au dépourvu. Il était venu pour interroger cette femme, pas pour être interrogé par elle.

« Ma foi ou son absence ne vous concerne pas », répondit-il sèchement.

Sofia inclina légèrement la tête. « Je vous prie de m'excuser. Vous avez raison. » Elle changea de sujet. « Nous proposons un échange à votre communauté. Nous pouvons partager nos connaissances pratiques – en agriculture notamment, nous avons développé des techniques efficaces de permaculture – et offrir un espace de réflexion à ceux qui cherchent du sens. En échange, nous demandons simplement des ressources que vous pourriez nous céder : des livres, des médicaments si possible, et peut-être quelques volontaires pour nous aider à agrandir nos cultures. »

« Et les volontaires, vous les convertissez à votre... vision ? »

Sofia sourit. « Nous partageons nos idées avec ceux qui sont intéressés. Mais nous n'imposons rien. Les gens sont libres de partir quand ils le souhaitent. Nous ne sommes pas une prison, Thomas. Juste un refuge pour ceux qui se sentent perdus. »

Thomas la dévisagea longuement, cherchant dans ses traits la duplicité, l'arrogance ou le fanatisme qu'il avait si souvent rencontrés chez les prédicateurs d'après la catastrophe. Mais il ne trouva rien de tel. Juste une sincérité troublante et cette sérénité qui semblait émaner d'elle comme une aura.

« Pourquoi moi ? » demanda-t-il finalement. « Pourquoi Emma vous a-t-elle envoyée me voir ? »

« Parce que même si vous avez perdu votre foi, vous comprenez l'importance de la quête spirituelle. Vous savez que les humains ne vivent pas que de pain. Même dans ce monde dévasté – surtout dans ce monde dévasté – ils ont besoin de sens. »

Les mots de Sofia résonnèrent profondément en Thomas. Malgré sa méfiance, il devait reconnaître qu'elle avait touché un point sensible.

« Je parlerai de votre proposition au conseil », concéda-t-il finalement. « Mais je ne promets rien. »

Sofia hocha la tête, reconnaissante. « C'est tout ce que je demande. » Elle se leva pour partir, puis s'arrêta. « Oh, et nous organisons une cérémonie au solstice d'hiver, dans trois semaines. Votre communauté est invitée, si elle le souhaite. Ce sera l'occasion de mieux nous connaître. »

Après son départ, Thomas resta assis dans la bibliothèque silencieuse, le livre de physique quantique toujours entre les mains. Malgré sa réticence, quelque chose dans le discours de Sofia l'avait touché. Peut-être était-ce simplement la reconnaissance que d'autres cherchaient aussi des réponses aux questions qui le hantaient depuis l'effondrement.

Ce soir-là, pour la première fois depuis des mois, Thomas retourna à l'église après le coucher du soleil. Il s'assit dans un banc au milieu de la nef, contemplant l'obscurité qui enveloppait l'autel. Aucune prière ne vint à ses lèvres. Juste une question, lancinante : et si le divin avait seulement changé de forme ? Et si, au lieu de l'abandonner, il s'était simplement transformé, attendant que l'humanité développe un nouveau langage pour le nommer ?

Thomas secoua la tête. C'étaient des pensées dangereuses. Des pensées qui risquaient de réveiller en lui un espoir qu'il avait soigneusement enterré sous les décombres de l'ancien monde.

Les fantômes du passé

La maison d'Alex et Élise se trouvait à la périphérie de Mornay, une ancienne villa qui avait miraculeusement été épargnée par les pillages et les intempéries. Thomas s'arrêta devant le portail rouillé, observant les fenêtres du premier étage. L'une d'elles, celle de la chambre d'Alex, était légèrement entrouverte malgré le froid qui s'était installé.

Thomas poussa le portail qui émit un grincement plaintif et remonta l'allée envahie par les mauvaises herbes. Élise l'attendait sur le perron, les traits tirés par l'inquiétude.

« Il n'a pas quitté sa chambre depuis trois jours », murmura-t-elle après l'avoir fait entrer. « Il refuse de manger avec moi. Je lui monte des plateaux qu'il touche à peine. »

Thomas hocha la tête, familier avec ces symptômes qu'il avait observés chez tant d'autres. Une forme de dépression adaptative, avait expliqué Sarah, l'ancienne psychologue scolaire devenue médecin de fortune de la communauté. Un mécanisme de protection face à l'ampleur du traumatisme collectif.

« Je peux monter le voir ? »

Élise acquiesça avec reconnaissance. « Vous êtes le seul à qui il parle encore parfois. »

L'escalier craqua sous les pas de Thomas. L'air était plus froid à l'étage, où le chauffage d'appoint au bois ne parvenait pas. Il frappa doucement à la porte d'Alex.

« C'est Thomas. Je peux entrer ? »

Un silence, puis un grommellement que Thomas interpréta comme un assentiment. Il poussa la porte et entra dans ce qui ressemblait davantage à une bibliothèque qu'à une chambre. Des livres s'empilaient contre les murs, sur le bureau, et même sur le lit où Alex était assis, emmitouflé dans une couverture, un carnet ouvert sur les genoux.

« Ta mère s'inquiète pour toi », commença Thomas.

Alex leva vers lui un regard las. À vingt-cinq ans, il en paraissait dix de plus. Ses cheveux bruns, trop longs, encadraient un visage émacié où seuls les yeux semblaient encore vivants – deux orbes bruns, fiévreux d'intelligence.

« Vous savez pourquoi je reste ici ? » demanda Alex sans préambule, désignant les livres qui l'entouraient. « Parce que ce sont les derniers vestiges d'un monde qui avait du sens. Tout ce savoir... » Il attrapa un ouvrage de physique et l'agita. « Des siècles de découvertes, de pensées, d'avancées. Et pour quoi ? Pour finir comme ça, à gratter la terre et à survivre au jour le jour ? »

Thomas s'assit au bord du lit, prenant garde à ne pas déranger la pile de livres. « Tu penses que ce savoir n'a plus d'utilité ? »

« Je pense qu'il est condamné à disparaître », répondit Alex avec amertume. « Qui s'intéresse encore à la théorie de la relativité ou à l'évolution des espèces quand il faut d'abord trouver à manger ? Dans deux ou trois générations, ces livres ne seront plus que du papier pour allumer les feux. »

C'était une peur que Thomas connaissait bien. Il l'avait lui-même ressentie en observant comment les priorités s'étaient réorganisées après l'effondrement. La survie immédiate avait pris le pas sur tout le reste.

« C'est peut-être vrai », admit-il. « Mais ce n'est pas inévitable. Des connaissances ont été perdues puis retrouvées tout au long de l'histoire humaine. »

Alex eut un rire cynique. « Comme au Moyen Âge ? Quand l'Église gardait jalousement les savoirs antiques dans ses monastères pendant que le peuple croupissait dans l'ignorance et la superstition ? » Il jeta un regard accusateur à Thomas. « D'ailleurs, comment pouvez-vous encore porter ce col romain après tout ce qui s'est passé ? Votre Dieu nous a abandonnés, Thomas. S'il a jamais existé. »

Thomas baissa les yeux vers son col ecclésiastique, qu'il avait remis machinalement ce matin-là. Une habitude dont il n'arrivait pas à se défaire, malgré ses doutes.

« Je ne sais plus très bien pourquoi je le porte », confessa-t-il. « Peut-être parce que c'est la seule identité que j'ai jamais eue. »

Cette honnêteté sembla désarçonner Alex, qui s'attendait visiblement à une défense plus véhémente de la foi.

« Alors vous aussi, vous avez perdu vos repères », murmura-t-il, plus pour lui-même que pour Thomas.

Thomas acquiesça lentement. « Comme tout le monde. La différence, c'est que certains cherchent à en construire de nouveaux, et d'autres... »

« Se complaisent dans les ruines du passé ? » compléta Alex avec un sourire désabusé. « C'est ce que vous pensez de moi ? Que je me vautre dans la nostalgie ? »

« Je pense que tu as peur », répondit doucement Thomas. « Peur que tout ce en quoi tu as cru, tout ce que tu as appris, n'ait plus aucune valeur. Et je comprends cette peur, Alex. Je vis avec elle chaque jour. »

Un silence s'installa entre eux, seulement troublé par le bruissement des pages qu'Alex feuilletait distraitement.

« J'ai rencontré quelqu'un hier », reprit Thomas. « Une femme d'un groupe qui s'appelle les Éveillés. Ils prétendent développer une nouvelle forme de spiritualité, qui intégrerait à la fois la science et des éléments des anciennes religions. »

L'intérêt d'Alex s'éveilla visiblement. « Quel genre de science ? »

« La physique quantique, apparemment. Elle m'a laissé un livre... » Thomas sortit de sa poche l'ouvrage que Sofia lui avait confié. « Elle l'a annoté. Ses réflexions sont... intéressantes. »

Alex tendit la main, et Thomas lui donna le livre. Le jeune homme commença immédiatement à le feuilleter, s'arrêtant sur les annotations dans les marges.

« C'est... inhabituel », commenta-t-il après quelques minutes. « Ce n'est pas le délire mystique auquel je m'attendais. Elle semble vraiment essayer de comprendre les implications philosophiques de la physique moderne. » Il leva les yeux vers Thomas. « Qui est cette femme ? »

« Elle s'appelle Sofia. Ils ont établi une communauté dans l'ancien monastère de Saint-Léger, à environ vingt kilomètres d'ici. Elle a invité notre communauté à assister à une cérémonie qu'ils organisent pour le solstice d'hiver. »

Alex sembla réfléchir intensément, pesant les mots de Thomas. « Et vous comptez y aller ? »

« Le conseil n'a pas encore décidé. Mais j'y pense. Par curiosité, au moins. »

« Emmenez-moi. »

La demande, directe et inattendue, surprit Thomas. C'était la première fois depuis des mois qu'Alex exprimait le désir de quitter sa chambre pour autre chose que les corvées essentielles.

« Tu es sûr ? C'est un long trajet, et nous ne savons pas grand-chose d'eux. »

« C'est justement ce que je veux découvrir », insista Alex, une lueur nouvelle dans le regard. « Si ces gens ont trouvé un moyen de réconcilier la science et la spiritualité... je veux voir ça par moi-même. »

Thomas hésita. Il craignait qu'Alex, dans sa fragilité actuelle, ne soit particulièrement vulnérable à un discours sectaire. Mais il y avait aussi cette étincelle de vie qui venait de se rallumer dans ses yeux, et Thomas ne pouvait se résoudre à l'éteindre.

« Nous en reparlerons quand le conseil aura pris sa décision », promit-il. « En attendant, ta mère aimerait que tu descendes manger. Tu penses pouvoir faire ça pour elle ? »

Alex sembla sur le point de refuser, puis il regarda le livre entre ses mains et hocha lentement la tête. « D'accord. Mais je garde ça pour l'étudier, si ça ne vous dérange pas. »

Thomas acquiesça, soulagé d'avoir au moins obtenu ce petit succès.

*****

Ce soir-là, le conseil communautaire se réunit dans l'ancienne salle des fêtes. Une trentaine de personnes s'étaient rassemblées, assises en cercle autour d'un poêle à bois qui diffusait une chaleur insuffisante dans le grand espace. Emma présidait, comme toujours, assistée de Jacques, le chef des expéditions, et de Sarah, la médecin.

« Vous avez tous entendu parler de la visite de Sofia », commença Emma. « Nous devons décider si nous acceptons leur proposition d'échange et leur invitation à la cérémonie du solstice. Thomas, tu as passé du temps avec elle. Quelle est ton impression ? »

Tous les regards se tournèrent vers lui. Thomas choisit soigneusement ses mots.

« Je pense qu'ils ne représentent pas une menace immédiate. Sofia semble sincère dans sa démarche. Ce n'est pas le genre de prédicateur manipulateur que nous avons rencontré auparavant. »

« Mais ? » encouragea Emma, percevant sa réticence.

« Mais je reste prudent. Les mouvements spirituels qui émergent des crises sont souvent bien intentionnés au départ, avant de dériver. Je suggère d'envoyer une petite délégation à leur cérémonie. Cela nous permettra d'en savoir plus avant de nouer des liens plus étroits. »

Jacques, un homme robuste aux cheveux grisonnants, prit la parole. « J'ai observé leur communauté de loin lors de ma dernière expédition. Ils semblent bien organisés. Leurs cultures sont impressionnantes, et ils ont restauré une partie du monastère. Je n'ai pas vu d'armes, ni de signes extérieurs d'un culte extrémiste. »

« Combien sont-ils ? » demanda quelqu'un dans l'assemblée.

« Une quarantaine, peut-être plus », répondit Jacques. « Des adultes principalement, quelques enfants. »

Sarah intervint à son tour. « D'un point de vue médical, je suis intéressée par leurs connaissances en herboristerie. Sofia a mentionné qu'ils cultivaient des plantes médicinales. Avec nos stocks de médicaments qui s'épuisent, cela pourrait être précieux. »

La discussion se poursuivit, certains exprimant leur méfiance, d'autres leur curiosité. Thomas observait les visages autour de lui, notant comment la simple mention d'une nouvelle approche spirituelle avait ranimé quelque chose chez ces personnes épuisées par la survie quotidienne. C'était révélateur du vide que l'effondrement avait laissé en eux.

« Je propose que nous envoyions sept personnes », conclut finalement Emma. « Thomas, bien sûr, puisqu'il a déjà rencontré Sofia. Jacques, pour sa connaissance du terrain. Sarah, pour évaluer leurs pratiques médicinales. Et quatre volontaires. »

Les mains se levèrent immédiatement. La perspective d'une sortie, d'une découverte, d'un événement rompant la monotonie de leur existence était visiblement séduisante.

« Une dernière chose », ajouta Thomas. « Alex, le fils d'Élise, souhaite venir. »

Cette annonce suscita des murmures surpris. Tout le monde connaissait l'état dépressif du jeune homme.

« Tu penses que c'est une bonne idée ? » demanda Emma, dubitative.

« Je pense que cela pourrait lui faire du bien. Le livre que Sofia m'a prêté a éveillé son intérêt. C'est la première fois depuis longtemps que je le vois motivé par quelque chose. »

Emma réfléchit un moment, puis acquiesça. « Très bien. Alex sera le septième. Vous partirez dans trois jours pour arriver la veille de la cérémonie. Jacques, tu prépareras l'itinéraire et les provisions. »

La réunion s'acheva peu après, les participants se dispersant dans la nuit glaciale. Thomas resta un moment, contemplant les braises mourantes dans le poêle. Il se demandait s'il avait eu raison d'encourager cette expédition. Son intuition lui disait que ces Éveillés n'étaient pas dangereux, mais il avait appris à se méfier de ses intuitions depuis l'effondrement.

Une main se posa sur son épaule. C'était Sarah, qui l'observait avec ses yeux perspicaces.

« Tu sembles préoccupé », dit-elle doucement.

Thomas sourit faiblement. « Je me demande si je ne mène pas ces gens vers une désillusion de plus. »

« Ou peut-être vers quelque chose qui leur redonnera espoir. » Sarah s'assit à côté de lui. « Thomas, tu passes tellement de temps à t'inquiéter pour les autres. Mais qu'en est-il de toi ? Qu'espères-tu trouver là-bas ? »

La question le prit au dépourvu. Il n'avait pas pensé à ses propres attentes, trop occupé à évaluer les risques pour la communauté.

« Je ne sais pas », admit-il finalement. « Peut-être des réponses. Peut-être juste la confirmation que je n'en aurai jamais. »

Sarah hocha la tête, compréhensive. Avant l'effondrement, elle avait été une femme de science, rationnelle et méthodique. Maintenant, elle cultivait un petit jardin de plantes médicinales et récitait des incantations en les cueillant – non par superstition, avait-elle expliqué à Thomas, mais parce que le rituel l'aidait à se concentrer sur les propriétés de chaque plante.

« L'être humain a toujours cherché du sens », dit-elle pensivement. « Même au plus profond des cavernes préhistoriques, nos ancêtres peignaient déjà des symboles pour comprendre le monde. Ce besoin n'a pas disparu avec l'effondrement. Il s'est peut-être même intensifié. »

« Mais n'est-ce pas une faiblesse ? » objecta Thomas. « Cette incapacité à accepter que l'univers puisse être vide de sens ? »

Sarah sourit. « Ou peut-être est-ce notre plus grande force. La capacité à créer du sens là où il n'y en a pas d'évident. » Elle se leva et rajusta son châle. « Repose-toi, Thomas. Le voyage sera long. »

*****

Les trois jours suivants passèrent rapidement, occupés par les préparatifs du voyage. La distance jusqu'au monastère de Saint-Léger n'était pas considérable – une vingtaine de kilomètres – mais dans ce monde sans voitures fonctionnelles, cela représentait une journée entière de marche. Jacques avait tracé un itinéraire évitant les zones dangereuses : les anciennes autoroutes où s'entassaient encore des carcasses de véhicules abandonnés lors de l'exode, les zones industrielles potentiellement contaminées, et les villages connus pour abriter des bandes hostiles.

Thomas passa une partie de ce temps avec Alex, surpris de constater à quel point l'annonce du voyage avait transformé le jeune homme. Il avait commencé à sortir de sa chambre, aidant même aux préparatifs. Il dormait toujours mal – Thomas l'entendait parfois arpenter la maison au milieu de la nuit – mais une nouvelle énergie l'habitait.

La veille du départ, Thomas retourna à l'église pour la première fois depuis des jours. La nuit était tombée, et sans éclairage artificiel, le bâtiment n'était qu'une masse sombre se découpant sur le ciel étoilé. Il entra, guidé par l'habitude plus que par la vue, et s'assit dans son banc habituel.

Le silence qui régnait dans l'église lui sembla différent cette fois – non plus un vide, mais une présence. Comme si l'obscurité elle-même était à l'écoute.

Thomas ferma les yeux, laissant remonter des souvenirs qu'il avait longtemps réprimés. Sa vie d'avant. L'appel de la vocation qu'il avait ressenti, adolescent. Ses études au séminaire. Sa première paroisse. Les moments de doute, aussi, qui n'avaient jamais été absents de son parcours, mais qu'il avait appris à considérer comme des épreuves nécessaires à l'approfondissement de sa foi.

Puis l'effondrement. La lente désagrégation de toutes ses certitudes.

Il se souvenait encore du jour où il avait compris que Dieu ne répondait plus. C'était lors de la grande pandémie, quand il avait dû enterrer en une semaine plus de paroissiens qu'en dix ans de sacerdoce. Il avait prié, supplié, pour que la souffrance cesse. Et seul le silence lui avait répondu.

Ensuite étaient venues les crises économiques, la faim, les violences. L'église s'était remplie, brièvement – les gens cherchaient du réconfort, des explications, un miracle. Puis, quand rien de tout cela n'était venu, elle s'était vidée plus rapidement qu'elle ne s'était remplie.

Thomas avait continué à célébrer la messe, par devoir, par habitude. Mais ses paroles sonnaient de plus en plus creux à ses propres oreilles.

Et maintenant ? Que restait-il de sa foi ?

« Je ne sais plus qui Tu es », murmura-t-il dans l'obscurité. « Ni même si Tu es. Mais s'il Te reste une oreille pour m'entendre, guide-moi. Non pour moi, mais pour ceux qui me suivent. Ne les laisse pas s'égarer à cause de mon propre égarement. »

Aucune réponse ne vint, bien sûr. Thomas n'en attendait pas. Il se leva, sentant le froid s'insinuer dans ses os. Demain, il mènerait un groupe vers un lieu inconnu, à la rencontre de gens dont il ignorait presque tout. C'était un acte de foi, réalisa-t-il avec une ironie amère. Peut-être le premier véritable acte de foi qu'il accomplissait depuis longtemps.

En sortant de l'église, il leva les yeux vers le ciel étoilé. Sans pollution lumineuse, la voûte céleste déployait une splendeur que peu de gens avaient eu la chance d'observer avant l'effondrement. La Voie lactée s'étendait comme une rivière de lumière, ponctuée de milliers d'étoiles scintillantes.

Thomas se souvint des paroles de Sofia sur la physique quantique. Si tout était énergie, si tout était interconnecté au niveau le plus fondamental, alors peut-être que sa conception de Dieu avait simplement été trop étroite. Peut-être que le divin ne résidait pas dans un être personnel qui écoutait les prières, mais dans ces liens invisibles qui unissaient toute chose – des étoiles lointaines jusqu'aux atomes de son propre corps.

Cette pensée n'apportait pas le réconfort de sa foi d'antan, mais elle offrait une perspective. Un début de chemin, peut-être.

Thomas rentra chez lui, se préparant mentalement au voyage qui l'attendait. Dans son sac, à côté des vêtements chauds et des provisions, il glissa discrètement son petit carnet de prières. Non par conviction, mais comme un lien ténu avec l'homme qu'il avait été. Un rappel que la quête de sens, même dans ses formes les plus désuètes, faisait partie intégrante de l'expérience humaine.

Au petit matin, le groupe se rassembla à l'entrée du village. Sept silhouettes emmitouflées dans des vêtements épais, sacs au dos, bâtons de marche à la main. Jacques distribuait les dernières instructions, pointant sur une carte les repères à suivre. Emma faisait ses recommandations finales, insistant sur la prudence et la nécessité de revenir si le moindre danger se présentait.

Thomas observait Alex, qui se tenait légèrement à l'écart, les yeux fixés sur l'horizon. Il semblait à la fois anxieux et déterminé, comme si ce voyage représentait pour lui bien plus qu'une simple exploration.

Lorsque tous furent prêts, ils se mirent en route sous les premiers rayons du soleil hivernal. Thomas jeta un dernier regard en arrière, vers le clocher de l'église qui s'élevait au-dessus des toits. Puis il se tourna résolument vers l'avant, vers l'inconnu qui les attendait. Vers cette cérémonie mystérieuse qui, peut-être, éclairerait d'une lumière nouvelle les ténèbres spirituelles dans lesquelles ils erraient tous depuis l'effondrement.

La cérémonie des Éveillés

Le voyage fut plus éprouvant que Thomas ne l'avait anticipé. Les routes, déjà en mauvais état avant l'effondrement, s'étaient considérablement dégradées en cinq ans sans entretien. La nature reprenait ses droits, fissurant l'asphalte, faisant émerger des touffes d'herbe tenaces entre les plaques de bitume. À plusieurs reprises, ils durent quitter le tracé principal pour contourner des portions impraticables ou des ponts effondrés.

Jacques menait la marche avec l'assurance d'un homme habitué aux expéditions. Sarah suivait de près, attentive à la flore qui bordait le chemin, s'arrêtant parfois pour cueillir une plante qu'elle identifiait comme médicinale. Les quatre autres volontaires – Marie, une agricultrice d'une cinquantaine d'années ; Lucas, un ancien mécanicien ; Chloé, une jeune femme silencieuse qui avait été infirmière ; et Robert, un vieil instituteur – formaient le cœur du groupe, discutant à voix basse pour économiser leur souffle.

Thomas fermait la marche aux côtés d'Alex. Le jeune homme avançait sans se plaindre, malgré son manque évident de condition physique après des mois de réclusion. Son visage était fermé, concentré, comme s'il effectuait un pèlerinage personnel dont lui seul connaissait la destination véritable.

Vers midi, ils firent une pause près d'une ancienne aire de repos. Les tables de pique-nique en béton étaient toujours là, témoins incongrus d'une époque où les familles s'arrêtaient pour déjeuner au bord de la route. Jacques distribua les rations – du pain sec, un peu de fromage de chèvre, et des pommes séchées. Une nourriture frugale mais précieuse dans ce monde où l'agriculture avait régressé aux méthodes pré-industrielles.

« Nous sommes à mi-chemin », annonça Jacques en dépliant sa carte. « Si nous maintenons ce rythme, nous atteindrons le monastère avant la tombée de la nuit. »

Alex, qui mangeait un peu à l'écart, se tourna vers Thomas. « Vous croyez qu'ils nous accueilleront sans méfiance ? »

Thomas haussa les épaules. « Sofia nous a invités. Je suppose qu'ils nous attendent. »

« Ce n'est pas ce que je voulais dire. » Alex baissa la voix. « Est-ce qu'ils nous verront comme des convertis potentiels ou comme des... sceptiques ? »

La question révélait l'ambivalence du jeune homme – à la fois attiré par les idées des Éveillés et méfiant envers ce qui pourrait ressembler à un endoctrinement.

« Je crois qu'ils nous accueilleront comme des chercheurs », répondit finalement Thomas. « C'est ce que nous sommes, après tout. Des gens qui cherchent des réponses. »

Alex hocha la tête, pensif. « J'ai passé la nuit à lire le livre que Sofia vous a prêté. Ses annotations sont... troublantes. »

« Troublantes ? En quoi ? »

« Elle établit des parallèles entre des concepts scientifiques complexes et des intuitions mystiques anciennes. Comme si la science moderne validait d'une certaine façon ce que les traditions spirituelles affirmaient depuis des millénaires. » Il hésita. « Par exemple, elle compare l'intrication quantique – ce phénomène où deux particules restent connectées quelle que soit la distance qui les sépare – avec l'idée bouddhiste que tout est interdépendant. »

Thomas attendit la suite, sentant qu'Alex n'avait pas terminé sa réflexion.

« Le problème », reprit le jeune homme, « c'est que je ne peux pas déterminer si elle force le rapprochement pour donner une légitimité scientifique à des croyances préexistantes, ou si elle a véritablement saisi quelque chose que je ne vois pas. »

Thomas sourit intérieurement. C'était exactement le genre de questionnement qu'il espérait voir chez Alex – non pas une adhésion aveugle, mais une réflexion critique.

« Nous le découvrirons bientôt », répondit-il simplement.

Le voyage reprit peu après. L'après-midi fut plus silencieuse, le groupe économisant ses forces. Le paysage changeait progressivement. Ils quittèrent la plaine pour entrer dans une région plus vallonnée, où des forêts mixtes alternaient avec d'anciennes terres agricoles retournant lentement à l'état sauvage.

Vers la fin de la journée, alors que le soleil commençait à décliner, ils aperçurent enfin leur destination. Le monastère de Saint-Léger se dressait sur une colline, ses murs de pierre ocre rougeoyant dans la lumière du couchant. L'édifice médiéval, qui avait traversé les siècles, semblait presque intact – un îlot de permanence dans un monde bouleversé.

« C'est... magnifique », murmura Chloé, exprimant ce que tous ressentaient.

À mesure qu'ils approchaient, ils distinguaient mieux les détails. Le monastère avait été partiellement restauré. Des échafaudages en bois s'élevaient le long d'une section du mur d'enceinte. Dans les jardins qui s'étendaient en terrasses sur le flanc de la colline, des silhouettes s'activaient, travaillant la terre malgré l'heure tardive.

Lorsqu'ils atteignirent le chemin pavé menant à l'entrée principale, deux personnes vinrent à leur rencontre. Thomas reconnut immédiatement Sofia. Elle portait la même tunique grise que lors de leur première rencontre, mais avait ajouté une écharpe en laine colorée pour se protéger du froid. À ses côtés marchait un homme grand et mince, aux cheveux blancs coupés court et à la barbe soigneusement taillée. Il devait avoir une soixantaine d'années et se déplaçait avec l'aisance d'un danseur, malgré son âge.

« Bienvenue à Saint-Léger », les accueillit Sofia avec un sourire chaleureux. « Vous avez fait bon voyage ? »

Jacques répondit poliment, décrivant brièvement leur trajet. Sofia acquiesça, puis désigna l'homme à ses côtés.

« Voici Gabriel, l'un des fondateurs de notre communauté. »

Gabriel inclina légèrement la tête, observant chaque visiteur avec attention. Son regard s'attarda un peu plus longtemps sur Thomas, puis sur Alex.

« Nous sommes honorés de votre visite », dit-il d'une voix profonde et mélodieuse. « Vous arrivez juste à temps pour partager notre repas du soir. Ensuite, nous vous montrerons où vous pourrez vous reposer. La cérémonie du solstice aura lieu demain, au coucher du soleil. »

Il se tourna et leur fit signe de le suivre. Le groupe emprunta une allée pavée qui traversait un jardin ordonnancé, où des plantes aromatiques et médicinales poussaient en rangées soigneuses. Thomas nota que malgré l'hiver, certaines variétés continuaient à prospérer sous des cloches en verre ou des tunnels en matière translucide.

« Nous avons adapté d'anciennes techniques horticoles », expliqua Sofia, remarquant son intérêt. « Ces serres rudimentaires nous permettent de cultiver certaines plantes toute l'année. »

Ils entrèrent dans le monastère par un portail en bois massif. L'intérieur était plus chaleureux que Thomas ne l'avait imaginé. Des torches et des lampes à huile éclairaient les couloirs de pierre, projetant des ombres mouvantes sur les murs. Des tentures colorées atténuaient l'austérité de l'architecture médiévale. Et surtout, il y avait cette odeur – un mélange d'encens, d'herbes séchées et de pain frais qui évoquait à la fois une église et une cuisine familiale.

Gabriel les conduisit jusqu'à un vaste réfectoire où une longue table en bois accueillait déjà une trentaine de personnes. À leur entrée, les conversations s'interrompirent brièvement, puis reprirent, ponctuées de regards curieux vers les nouveaux arrivants.

« Asseyez-vous où vous voulez », les invita Gabriel. « Nous n'avons pas de places assignées ici. »

Le groupe de Mornay s'installa en conservant une certaine proximité, par réflexe. Thomas se retrouva entre Alex et une femme d'une quarantaine d'années qui se présenta comme Léna, l'herboriste de la communauté. Sarah, assise en face, engagea immédiatement la conversation avec elle, l'interrogeant sur les plantes qu'elle avait aperçues dans le jardin.

Le repas fut servi peu après – une soupe épaisse de légumes, du pain encore chaud, et un plat de céréales et de légumineuses agrémenté d'herbes aromatiques. Une cuisine simple mais savoureuse et nourrissante. Thomas réalisa à quel point il s'était habitué à la frugalité des repas de Mornay, où la diversité des aliments s'était considérablement réduite depuis l'effondrement.

« Comment avez-vous développé une telle variété agricole ? » demanda Jacques à un homme assis près de lui.

« Nous avons commencé avec une banque de semences que Gabriel avait constituée avant même l'effondrement », répondit l'homme. « Il avait prévu... ou plutôt, il avait anticipé certaines choses. »

Thomas jeta un regard intrigué vers Gabriel, qui mangeait à l'extrémité de la table. Que signifiait cette remarque ? L'homme avait-il vraiment prévu l'effondrement, ou était-ce une façon de le présenter comme un visionnaire à ses disciples ?

Comme s'il avait perçu son interrogation, Gabriel leva les yeux et croisa son regard. Un léger sourire passa sur ses lèvres, puis il se leva et frappa doucement dans ses mains pour attirer l'attention.

« Nos amis de Mornay nous ont fait l'honneur de leur visite », annonça-t-il. « Ils sont venus observer notre cérémonie du solstice, et peut-être partager quelques-unes de nos pratiques. » Il balaya l'assemblée du regard. « Comme vous le savez, nous croyons que la connaissance doit circuler librement. L'ancien monde s'est effondré en partie parce que le savoir était cloisonné, compartimenté. Les scientifiques ne parlaient pas aux philosophes, les religieux se méfiaient des scientifiques, les économistes ignoraient les écologistes... »

Des murmures d'approbation parcoururent l'assemblée.

« Nos invités viennent peut-être avec des questions, des doutes, peut-être même de la méfiance. » Son regard s'attarda sur Thomas. « C'est naturel, et nous le respectons. Nous ne cherchons pas à convaincre, seulement à partager ce que nous avons découvert. Et peut-être, à apprendre d'eux en retour. »

Il se rassit sous les applaudissements discrets. Thomas sentit Alex se tendre à ses côtés.

« C'est un beau discours », murmura le jeune homme. « Mais j'ai entendu des sectes tenir exactement le même langage. »

Thomas hocha imperceptiblement la tête. L'ouverture affichée par Gabriel était séduisante, mais elle pouvait aussi être une stratégie pour désarmer leur méfiance naturelle. Pour autant, l'atmosphère ne lui semblait pas oppressante ou manipulatrice. Les membres de la communauté discutaient librement, riaient, certains débattaient même avec animation. Rien ne ressemblait à l'uniformité de pensée qu'il aurait attendue d'un groupe sectaire.

Après le repas, Sofia les conduisit vers l'aile des hôtes, où des cellules monacales avaient été aménagées en chambres simples mais confortables. Chacun d'eux disposerait d'un espace privé – un luxe que Thomas n'avait pas anticipé.

« Reposez-vous », leur conseilla Sofia. « Demain matin, vous pourrez explorer le monastère et rencontrer les membres de notre communauté. Nous nous retrouverons pour la cérémonie au coucher du soleil. »

Lorsqu'elle fut partie, le groupe se rassembla brièvement dans le couloir pour échanger leurs premières impressions.

« L'endroit est remarquablement bien organisé », observa Jacques. « Leurs systèmes d'irrigation, leurs méthodes de culture... Nous aurions beaucoup à apprendre d'eux. »

« Je suis d'accord », renchérit Sarah. « Leur connaissance des plantes médicinales est impressionnante. Léna m'a parlé de techniques de conservation que je ne connaissais pas. »

« Et pour le reste ? » demanda Thomas. « Leur... philosophie ? »

Les visages se fermèrent légèrement. C'était la question qui les préoccupait tous.

« Difficile à dire pour l'instant », répondit Robert, l'ancien instituteur. « Ils semblent ouverts, respectueux. Pas de signes évidents d'endoctrinement. Mais attendons de voir cette fameuse cérémonie. »

Ils se séparèrent pour la nuit, chacun regagnant sa cellule. Thomas resta un moment à sa fenêtre, contemplant le ciel étoilé au-dessus des jardins du monastère. Au loin, une silhouette solitaire marchait lentement entre les allées. Il reconnut la démarche caractéristique de Gabriel.

Que cherchait cet homme ? Était-il sincèrement convaincu d'avoir trouvé une nouvelle voie spirituelle adaptée à ce monde dévasté ? Ou était-il simplement un opportuniste qui avait saisi la confusion née de l'effondrement pour se bâtir un petit royaume ?

Thomas n'avait pas de réponse, mais il devait admettre que son intuition penchait vers la première hypothèse. Il y avait quelque chose dans le regard de Gabriel – une clarté, une absence d'artifice – qui ne correspondait pas à l'image du gourou manipulateur.

Il se coucha sur l'étroite paillasse, plus confortable que son lit à Mornay, et s'endormit rapidement, épuisé par la journée de marche.

*****

Son sommeil fut peuplé de rêves étranges. Il se voyait marcher dans un désert de cendres, cherchant désespérément quelque chose qu'il ne pouvait nommer. Au loin, une lumière pulsait faiblement, comme un phare dans la brume. Mais plus il avançait vers elle, plus elle semblait s'éloigner. Puis le sol se dérobait sous ses pieds, et il chutait dans un abîme sans fond.

Thomas se réveilla en sursaut, le corps couvert de sueur malgré le froid de la cellule. La lumière grise de l'aube filtrait par la petite fenêtre. Il se leva, enfila ses vêtements et sortit dans le couloir désert.

Suivant son instinct, il se dirigea vers ce qui devait être la chapelle du monastère. La porte en bois sculpté était entrouverte. Thomas la poussa doucement et entra dans un espace qui le surprit immédiatement.

Ce n'était plus vraiment une chapelle chrétienne. L'autel traditionnel avait disparu, remplacé par une structure circulaire au centre de la pièce – une sorte de mandala en pierre, orné de symboles qu'il ne reconnaissait pas entièrement. Certains évoquaient des traditions religieuses diverses – la croix chrétienne côtoyait le croissant islamique, l'étoile de David, la roue du dharma bouddhiste... D'autres semblaient plus abstraits, peut-être des représentations de concepts scientifiques.

Les murs, autrefois probablement ornés de fresques religieuses, avaient été recouverts de nouvelles peintures aux couleurs vives. Thomas y distingua des scènes de la vie quotidienne mêlées à des représentations plus symboliques – un arbre dont les racines plongeaient dans le sol et les branches touchaient les étoiles ; des silhouettes humaines reliées entre elles par des fils de lumière ; ce qui ressemblait à une représentation artistique d'atomes et de galaxies.

« C'est déstabilisant, n'est-ce pas ? »

Thomas sursauta. Gabriel se tenait dans l'embrasure de la porte, l'observant avec un intérêt non dissimulé.

« J'ai cru comprendre que vous étiez prêtre », poursuivit-il en s'avançant dans la chapelle. « Cet espace doit vous sembler... sacrilège. »

Thomas secoua la tête. « Je ne suis plus vraiment prêtre. Et les églises vides ne me semblent pas plus sacrées que n'importe quel autre bâtiment abandonné. »

Gabriel sourit. « Une réponse honnête. Mais vous n'avez pas rendu votre col, à ce que je vois. »

Thomas porta inconsciemment la main à son cou. Il avait gardé son col romain, par habitude plus que par conviction.

« Les symboles ont la vie dure », concéda-t-il.

« Parce qu'ils touchent à quelque chose de plus profond que notre intellect », répondit Gabriel, s'approchant du mandala central. « Les religions traditionnelles avaient compris le pouvoir des symboles, des rituels, des métaphores. Le problème, c'est qu'elles ont fini par les confondre avec la réalité qu'ils étaient censés représenter. »

Thomas observa l'homme avec attention. « Et vous prétendez éviter cette erreur ? »

« Nous essayons. » Gabriel fit un geste englobant la chapelle. « Tout ce que vous voyez ici est un langage, Thomas. Un langage imparfait qui tente d'exprimer l'ineffable. Nous ne vénérons pas ces symboles – nous les utilisons comme des ponts vers une compréhension plus profonde. »

Thomas s'approcha du mandala, examinant les symboles gravés dans la pierre. « Et quelle est cette compréhension plus profonde ? »

Gabriel resta silencieux un moment, comme s'il cherchait les mots justes. « Que tout est connecté. Que la séparation entre l'humain et la nature, entre la matière et l'esprit, entre toi et moi... est une illusion. Une illusion utile pour naviguer dans la réalité quotidienne, mais une illusion néanmoins. »

« C'est une idée ancienne », remarqua Thomas. « On la trouve dans presque toutes les traditions mystiques. »

« Exactement ! » Gabriel semblait ravi de sa réponse. « Et maintenant, la science moderne arrive aux mêmes conclusions, par des chemins différents. La physique quantique nous parle d'intrication, de non-localité. L'écologie nous montre comment tout organisme est inséparable de son environnement. La neurologie remet en question notre conception d'un 'moi' unifié et indépendant... »

Thomas l'interrompit. « Beaucoup de gens ont abusé de ces parallèles. Des charlatans qui détournent des concepts scientifiques pour justifier n'importe quelle croyance. »

« Vous avez raison », acquiesça Gabriel, surprenant Thomas par sa franchise. « C'est pourquoi nous insistons sur la rigueur intellectuelle. Nous ne prétendons pas que la science 'prouve' nos intuitions spirituelles. Nous disons simplement qu'elle ouvre des perspectives qui résonnent avec ces intuitions. »

Thomas médita ces paroles. Il y avait une humilité dans l'approche de Gabriel qui le désarmait. Pas de prétention à une vérité absolue, juste une exploration des possibles.

« Et la cérémonie de ce soir ? » demanda-t-il. « Quel en est le but ? »

« Reconnaître notre place dans les cycles naturels », répondit Gabriel. « Le solstice marque le moment où la nuit est la plus longue – mais aussi celui où la lumière commence à revenir. C'est une métaphore parfaite pour notre situation. L'ancien monde s'est effondré dans l'obscurité, mais peut-être qu'une nouvelle compréhension émerge de ces ténèbres. »

Ils furent interrompus par l'arrivée d'un jeune homme qui informa Gabriel qu'on avait besoin de lui pour résoudre un problème d'irrigation. L'homme s'excusa et quitta la chapelle, laissant Thomas seul avec ses pensées.

Il resta encore un moment, observant les fresques murales. Quelque chose dans cette vision syncrétique l'attirait, tout en éveillant sa méfiance professionnelle d'ancien gardien d'une tradition religieuse spécifique. Pourtant, n'était-ce pas précisément cette rigidité des religions établies qui les avait rendues incapables de répondre à la crise de l'effondrement ?

Quand Thomas sortit enfin de la chapelle, le soleil s'était levé sur le monastère. Les membres de la communauté vaquaient à leurs occupations quotidiennes – certains travaillaient dans les jardins, d'autres réparaient des outils, certains enseignaient à un petit groupe d'enfants sous un préau.

Il retrouva ses compagnons de voyage qui exploraient déjà les lieux. Sarah était avec Léna dans le jardin des plantes médicinales, absorbée dans une discussion sur les propriétés de diverses herbes. Jacques observait le système de récupération d'eau de pluie que les Éveillés avaient installé sur les toits du monastère. Les autres s'étaient mêlés aux activités quotidiennes, observant, questionnant, apprenant.

Thomas chercha Alex du regard, inquiet de ne pas le voir. Il le découvrit finalement dans ce qui avait dû être l'ancienne bibliothèque du monastère. Le jeune homme était assis à une table, entouré de livres, engagé dans une conversation animée avec deux membres de la communauté – une femme aux cheveux gris et un homme d'âge moyen qui portait d'épaisses lunettes raccommodées avec du fil.

« Ah, Thomas ! » l'appela Alex en le voyant. Son visage était plus vivant que Thomas ne l'avait vu depuis des mois. « Venez écouter ça. Irène était physicienne avant l'effondrement, et Anton était professeur de philosophie des sciences. Ils m'expliquaient leur conception de la conscience comme propriété émergente de la matière. C'est fascinant ! »

Thomas s'approcha, surpris par l'enthousiasme du jeune homme. La femme aux cheveux gris – Irène, apparemment – lui tendit la main.

« Vous êtes le prêtre, n'est-ce pas ? Alex nous a parlé de vous. »

« Ex-prêtre », corrigea Thomas par réflexe.

Irène sourit. « Les identités ne s'effacent pas si facilement. J'étais physicienne, je le suis toujours, même si je passe maintenant plus de temps à cultiver des légumes qu'à manipuler des équations. »

« Nous discutions de la façon dont les découvertes en physique quantique et en neurosciences peuvent éclairer d'anciennes questions philosophiques », expliqua Anton, l'homme aux lunettes. « Sans prétendre les résoudre définitivement, bien sûr. »

Alex intervint, les yeux brillants d'excitation intellectuelle. « Ils ont une bibliothèque incroyable, Thomas. Des ouvrages scientifiques, philosophiques, spirituels... Et ils organisent des séminaires où ils confrontent ces différentes perspectives. »

Thomas observa le jeune homme avec un mélange de joie et d'inquiétude. Joie de le voir revivre, s'enthousiasmer à nouveau pour les idées. Inquiétude face à son emballement, qui risquait de le rendre vulnérable à la désillusion.

« Ne vous inquiétez pas », murmura Irène, comme si elle lisait dans ses pensées. « Nous encourageons la pensée critique ici. Pas la croyance aveugle. »

Thomas hocha la tête, réservant son jugement. La journée s'écoula rapidement, chacun explorant le monastère à sa façon. Thomas passa du temps dans différents ateliers, observant comment les Éveillés avaient organisé leur vie communautaire. Il fut particulièrement impressionné par leur école, où les enfants apprenaient à la fois des connaissances pratiques – agriculture, artisanat, médecine de base – et des savoirs plus théoriques, préservant ainsi l'héritage intellectuel de l'ancien monde.

À plusieurs reprises, il croisa Gabriel, qui supervisait diverses activités sans jamais donner l'impression d'exercer une autorité pesante. L'homme semblait respecté, mais pas vénéré – une nuance importante aux yeux de Thomas.

Lorsque le soleil commença à décliner, une cloche retentit dans le monastère. Les activités s'interrompirent, et les gens convergèrent vers un espace ouvert derrière le bâtiment principal. Thomas y retrouva ses compagnons de Mornay, qui s'étaient rassemblés à l'écart, incertains de leur rôle dans la cérémonie à venir.

Sofia vint à leur rencontre, vêtue d'une longue robe bleue qui contrastait avec sa tunique grise habituelle. « Vous êtes nos invités », leur expliqua-t-elle. « Vous pouvez simplement observer, ou participer si vous le souhaitez. Il n'y a pas d'obligation. »

L'espace cérémoniel était une clairière circulaire, bordée de sept piliers en pierre sur lesquels brûlaient des torches. Au centre se trouvait un cercle de pierres plates, et en son milieu, un petit foyer préparé pour un feu. Les membres de la communauté s'assemblaient en cercle autour de cet espace, parlant à voix basse.

Gabriel apparut, vêtu comme les autres d'une simple tunique, mais la sienne était d'un bleu profond, presque noir. Il s'avança au centre du cercle et leva les mains. Le silence se fit instantanément.

« Nous nous réunissons ce soir », commença-t-il d'une voix qui portait sans effort, « pour marquer le solstice d'hiver. Le moment où l'obscurité atteint son apogée, et où la lumière commence son lent retour. »

Il fit un geste circulaire, désignant l'assemblée. « Dans les traditions anciennes, ce moment était célébré comme une renaissance. Une promesse que même dans les ténèbres les plus profondes, la lumière persiste. »

Il s'agenouilla près du foyer et, prenant un silex, alluma le feu préparé. Les flammes s'élevèrent rapidement, illuminant son visage d'une lueur orangée.

« Mais nous ne sommes pas ici pour reproduire aveuglément les rituels du passé », poursuivit-il. « Nous sommes ici pour créer du sens dans un monde qui semble en avoir perdu. Pour reconnaître que malgré l'effondrement de nos anciennes structures – sociales, économiques, et oui, spirituelles – quelque chose d'essentiel persiste en nous. La capacité de nous émerveiller. De questionner. De chercher. »

Il se releva et écarta les bras. « Ce soir, nous ne vénérons pas un dieu extérieur. Nous célébrons les liens qui nous unissent – à la terre qui nous nourrit, au cosmos dont nous sommes issus, et les uns aux autres. »

À ces mots, les membres de la communauté se prirent par la main, formant une chaîne humaine autour du feu. Thomas et ses compagnons restèrent en retrait, observant. Seul Alex s'avança spontanément pour se joindre au cercle, glissant sa main dans celle d'Irène, qui lui sourit avec bienveillance.

Gabriel entama alors un chant dans une langue que Thomas ne reconnut pas immédiatement. Après quelques phrases, il identifia du sanskrit – probablement un ancien mantra. Puis d'autres voix s'élevèrent, entonnant des chants différents – un psaume hébraïque, une sourate coranique, un hymne grégorien, un sutra bouddhiste... Les mélodies se superposent sans se heurter, créant une étrange harmonie polyglotte.

Thomas sentit un frisson parcourir sa colonne vertébrale. Il y avait quelque chose de profondément émouvant dans cette fusion de traditions spirituelles, comme si les voix tissaient un pont entre des mondes que l'humanité avait trop longtemps maintenus séparés.

Tandis que les chants continuaient, Sofia et deux autres femmes commencèrent à danser autour du feu. Leurs mouvements étaient à la fois gracieux et ancrés, évoquant le cycle des saisons, la rotation des astres, le flux et le reflux de la vie.

Thomas observait, fasciné malgré lui. Ce rituel n'avait rien du cérémonial rigide qu'il avait pratiqué pendant des décennies. Il y avait une spontanéité, une joie qui lui rappelait ce que les liturgies chrétiennes avaient peut-être été à leur origine, avant d'être codifiées et institutionnalisées.

Le chant s'intensifia, puis diminua progressivement, jusqu'à ce que seule la voix de Gabriel résonne dans la clairière. Puis elle aussi s'éteignit, laissant place à un silence vibrant.

Gabriel s'approcha alors du feu avec un bol en terre cuite. « Nous partageons maintenant le fruit de notre travail commun – symbole de la terre qui nous nourrit tous. »

Il plongea la main dans le bol et en retira ce qui semblait être du pain ou un gâteau, qu'il rompit en morceaux. Les fragments furent passés de main en main dans le cercle, chaque personne en prenant un petit morceau avant de transmettre le reste à son voisin.

Thomas reconnut immédiatement l'écho de la communion chrétienne dans ce geste. Mais ici, pas de transsubstantiation mystique, pas de corps du Christ – juste le partage symbolique d'une nourriture commune, fruit du travail collectif.

Gabriel passa ensuite avec une coupe contenant un liquide ambré – probablement une tisane ou un hydromel. Chacun y trempa ses lèvres avant de la passer à la personne suivante. Ce partage de nourriture et de boisson se déroulait dans un silence respectueux, ponctué seulement par le crépitement du feu.

Lorsque tous eurent participé, Gabriel reprit la parole.

« Dans l'ancien temps, nos ancêtres craignaient que le soleil ne revienne jamais après le solstice d'hiver. Nous savons aujourd'hui que cette crainte était infondée – les cycles astronomiques se poursuivent indépendamment de nos rituels. »

Il marqua une pause, son regard balayant le cercle.

« Mais il est une crainte qui n'est pas infondée : celle que nous perdions notre humanité dans les ruines de notre civilisation. Que nous oubliions ce qui nous définit au-delà de la simple survie. »

Sa voix s'intensifia, résonnant clairement dans la nuit qui s'était installée.

« C'est cela que nous célébrons réellement ce soir. Non pas le retour du soleil – il reviendra que nous le célébrions ou non – mais notre détermination à rester pleinement humains. À cultiver la connaissance, la beauté, la compassion, même – surtout – face à l'adversité. »

Thomas sentit une émotion inattendue l'envahir. Ces paroles résonnaient profondément en lui, touchant à quelque chose qu'il avait perdu dans les années suivant l'effondrement. Pas simplement la foi en un dieu personnel, mais la foi en l'humanité elle-même – en sa capacité à transcender ses instincts les plus primaires pour créer du sens et de la beauté.

Gabriel leva les yeux vers le ciel, où les premières étoiles commençaient à apparaître.

« Les astronomes nous disent que les étoiles que nous voyons sont si lointaines que leur lumière a mis des années, parfois des siècles, à nous parvenir. Certaines sont peut-être déjà éteintes, mais leur lumière continue à voyager dans l'immensité du cosmos. »

Il abaissa son regard vers l'assemblée.

« N'est-ce pas une métaphore parfaite de notre situation ? Notre ancien monde s'est éteint, mais sa lumière – tout ce qu'il a produit de beau, de vrai, de bon – continue à voyager en nous. Nous sommes les porteurs de cette lumière. Nous sommes les gardiens de cette flamme. »

Sur ces mots, chacun fut invité à s'avancer et à prendre une petite bougie ou une lampe à huile qui s'allumait au feu central. Bientôt, la clairière s'illumina de dizaines de petites flammes, créant un cercle de lumière dans l'obscurité grandissante.

Thomas observait, immobile. Il n'avait pas rejoint le cercle, restant en retrait avec la plupart de ses compagnons. Mais il ne pouvait nier la puissance émotionnelle du rituel, ni son élégante simplicité.

Sans dogme complexe, sans promesse de salut ou menace de damnation, Gabriel avait réussi à créer un moment de connexion spirituelle authentique. Un moment qui reconnaissait la réalité matérielle de l'univers tout en honorant ce besoin profondément humain de transcendance.

La cérémonie s'acheva par un moment de silence collectif, chacun tenant sa lumière. Puis, progressivement, les participants commencèrent à se disperser, retournant vers le monastère par petits groupes. Les conversations reprenaient doucement, ponctuées de rires discrets – rien qui évoquait l'atmosphère solennelle et contrainte qui suivait souvent les cérémonies religieuses traditionnelles.

Alex, qui avait participé au cercle, revint vers Thomas, le visage animé par une émotion contenue.

« C'était... différent de ce que j'imaginais », dit-il doucement. « Pas de délire mystique, pas de manipulation émotionnelle. Juste... une reconnaissance de notre humanité commune et de notre place dans l'univers. »

Thomas hocha la tête, comprenant ce que le jeune homme ressentait. « Une spiritualité sans surnaturel », murmura-t-il, résumant ce qu'il venait d'observer.

« Exactement ! » Alex semblait soulagé que Thomas ait saisi l'essence de l'expérience. « C'est comme si... comme si on pouvait conserver l'émerveillement, le sentiment de connexion, la profondeur que les religions offraient, mais sans les croyances irrationnelles qui les accompagnaient. »

Thomas médita ces paroles. Pour lui qui avait consacré sa vie à une foi centrée sur un dieu personnel, sur des dogmes précis, sur une révélation spécifique, cette approche aurait dû lui sembler vide, insuffisante. Pourtant, il y avait une authenticité dans cette célébration qui l'avait touché plus profondément que ses propres rituels ne l'avaient fait depuis des années.

« Venez », dit Sofia, qui s'était approchée silencieusement. « Un repas nous attend. La célébration continue autour de la table. »

Dans le réfectoire, l'ambiance était festive. Un repas plus élaboré que celui de la veille avait été préparé. Du vin – une rareté dans ce monde post-effondrement – était servi dans des coupes en bois. Des musiciens jouaient des instruments simples – un violon rapiécé, une flûte artisanale, un tambour fait d'une peau tendue sur un cadre en bois.

Le groupe de Mornay, d'abord réservé, se mêla progressivement aux Éveillés. Les conversations s'animèrent, portant sur des sujets pratiques – techniques agricoles, méthodes de conservation des aliments, remèdes naturels – mais aussi sur des questions plus profondes de philosophie, d'éthique, de sens.

Thomas observait ces échanges avec un intérêt croissant. Ce qui le frappait, c'était l'absence de hiérarchie rigide parmi les Éveillés. Gabriel était respecté, consulté, mais pas révéré. Plusieurs débats animés se déroulaient autour de la table, où ses opinions étaient parfois ouvertement contestées – et il semblait accueillir ces désaccords avec une curiosité bienveillante plutôt qu'avec l'autorité froissée d'un gourou.

À un moment, Gabriel vint s'asseoir à côté de Thomas, une coupe de vin à la main.

« Vous n'avez pas participé à la cérémonie », constata-t-il sans reproche dans la voix.

« J'ai préféré observer », répondit Thomas. « Par respect pour vos pratiques, et... par prudence personnelle. »

Gabriel acquiesça, compréhensif. « La prudence est une vertu, Thomas. Particulièrement dans ce monde brisé où tant de faux prophètes ont surgi des décombres. » Il but une gorgée de vin. « J'espère que ce que vous avez observé vous a au moins intéressé. »

« C'était... » Thomas chercha ses mots. « Fascinant. Différent de tout ce que j'ai connu. Et pourtant, étrangement familier. »

« C'est exactement ce que nous recherchons », sourit Gabriel. « Créer quelque chose de nouveau qui honore l'ancien sans s'y enchaîner. Une spiritualité adaptée à notre époque, qui n'exige pas qu'on laisse son cerveau à la porte. »

Il désigna d'un geste l'assemblée joyeuse. « Regardez-les. Avant de nous rejoindre, beaucoup erraient comme des fantômes. Non pas à cause de la faim ou du froid – quoique ces menaces soient bien réelles – mais parce qu'ils avaient perdu tout sens à leur existence.

Pourquoi se battre pour survivre si la vie n'est que souffrance sans signification ? »

Thomas comprenait parfaitement ce dont parlait Gabriel. N'avait-il pas vu la même désespérance s'installer à Mornay, malgré tous leurs efforts pour assurer la survie matérielle de la communauté ?

« Et vous leur offrez ce sens ? » demanda-t-il, une pointe de scepticisme dans la voix.

Gabriel secoua la tête. « Non, Thomas. Je ne donne pas le sens. Je crée simplement un espace où chacun peut le découvrir par lui-même. Un espace où les questions sont plus valorisées que les réponses toutes faites. »

Il se pencha légèrement vers Thomas, baissant la voix. « Vous savez ce qui a tué les anciennes religions ? Ce n'est pas la science, comme beaucoup le croient. C'est leur incapacité à évoluer, à intégrer de nouvelles connaissances, à admettre qu'elles n'avaient pas toutes les réponses. »

Ces mots frappèrent Thomas par leur justesse. N'avait-il pas lui-même ressenti cette dissonance croissante entre les dogmes immuables qu'il enseignait et les réalités changeantes du monde ? N'avait-il pas parfois étouffé ses propres questions par loyauté institutionnelle ?

« Je ne prétends pas avoir résolu les grands mystères », poursuivit Gabriel. « Je dis simplement que nous pouvons aborder ces mystères avec à la fois l'humilité des grands mystiques et la rigueur des grands scientifiques. Que nous pouvons embrasser à la fois l'émerveillement face au cosmos et l'honnêteté intellectuelle. »

Thomas médita ces paroles, troublé par leur résonance avec ses propres questionnements.

« Et si je vous demandais directement : croyez-vous en Dieu ? » lança-t-il, désirant pousser Gabriel dans ses retranchements.

Le sourire de Gabriel s'élargit. « Quelle excellente question ! » Il prit une autre gorgée de vin. « Tout dépend de ce que vous entendez par 'Dieu'. Si vous parlez d'un vieillard barbu qui siège sur un trône céleste et surveille nos moindres actions... non, je ne crois pas en cette entité anthropomorphique. »

Il fit une pause, choisissant soigneusement ses mots. « Mais si vous parlez de ce que certains mystiques ont appelé le Fondement de l'Être, la Source, la Conscience cosmique primitive... Je reste ouvert à cette possibilité. Je la trouve même élégante, bien que non nécessaire pour donner du sens à ma vie. »

Cette réponse n'était ni un rejet complet ni une adhésion fervente – juste une ouverture prudente, philosophique. Elle reflétait une pensée nuancée que Thomas n'avait pas souvent rencontrée dans les mouvements spirituels post-effondrement, généralement campés dans des positions extrêmes.

« Je l'exprimerais peut-être ainsi », ajouta Gabriel après un moment de réflexion. « Je ne sais pas si Dieu existe dans un sens objectif. Mais je sais que l'expérience du divin existe, qu'elle est réelle et transformative pour ceux qui la vivent. Et cette expérience, quelle que soit son origine ultime, mérite d'être honorée et explorée. »

Thomas hocha lentement la tête. Cette approche n'avait rien du dogmatisme qu'il redoutait, ni du nihilisme qu'il voyait se répandre depuis l'effondrement. C'était une position mature, réfléchie, qui créait un espace pour la dimension spirituelle de l'existence sans sacrifier l'intégrité intellectuelle.

Leur conversation fut interrompue par l'arrivée de Sofia, qui demanda à Gabriel de rejoindre un groupe qui entonnait des chants traditionnels. L'homme s'excusa et s'éloigna, laissant Thomas à ses réflexions.

Le reste de la soirée se déroula dans une atmosphère de célébration tranquille. Thomas observa Alex, qui s'était lancé dans une discussion animée avec Irène et plusieurs autres membres de la communauté. Le jeune homme semblait transformé – non pas par une conversion soudaine à un nouveau credo, mais par la découverte d'un espace où son intelligence et sa quête de sens étaient accueillies sans jugement.

Tard dans la nuit, alors que la fête s'apaisait et que les participants regagnaient leurs quartiers, Thomas s'attarda dans le réfectoire presque vide. Il s'approcha d'une des fenêtres et contempla le ciel étoilé. La lune, presque pleine, baignait le paysage d'une lumière argentée, révélant les contours du monastère et des collines environnantes.

Il se sentait étrangement serein, malgré – ou peut-être à cause de – toutes les questions que cette journée avait soulevées en lui. Pour la première fois depuis l'effondrement, il entrevoyait la possibilité d'une spiritualité qui ne nierait pas la réalité brutale de leur monde dévasté, mais qui pourrait néanmoins y insuffler du sens et de la beauté.

Ce n'était pas le retour de sa foi d'autrefois – cette certitude avait probablement disparu pour toujours. C'était quelque chose de plus fragile, de plus nuancé. Une ouverture, peut-être. Un début de chemin.

Thomas ignorait où ce chemin le mènerait. Mais pour la première fois depuis longtemps, il sentait qu'il valait la peine d'être exploré.

La décision

Le lendemain du solstice, le groupe de Mornay se réunit dans la petite cour intérieure du monastère pour discuter de leur retour. Le soleil hivernal peinait à réchauffer l'air froid, mais son éclat illuminait les pierres anciennes d'une lumière dorée.

« Nous devrions partir demain matin », suggéra Jacques. « Le temps semble se maintenir, mais je n'aime pas l'aspect de ces nuages à l'horizon. Une tempête pourrait se préparer. »

Les autres acquiescèrent, à l'exception d'Alex qui restait silencieux, le visage fermé. Thomas l'observa, devinant le conflit qui se jouait en lui.

« Quelque chose à dire, Alex ? » l'encouragea-t-il doucement.

Le jeune homme leva les yeux, hésitant. Puis, comme prenant une décision soudaine, il se redressa.

« Je... je pense que je vais rester ici. Quelques temps, du moins. »

Un silence stupéfait accueillit cette déclaration. Ce fut Sarah qui le rompit la première.

« Rester ? Tu es sûr ? »

Alex hocha la tête, plus fermement cette fois. « J'ai parlé avec Irène et Anton hier soir. Ils travaillent sur un projet de préservation des connaissances – quelque chose qui me préoccupe depuis l'effondrement. Ils ont besoin d'aide pour cataloguer, synthétiser et transcrire des informations scientifiques essentielles sous une forme qui puisse résister au temps. »

Il désigna le monastère d'un geste. « Ils ont des ressources incroyables ici – des livres, des documents que je croyais perdus. Et plus important encore, ils comprennent pourquoi c'est vital. Pourquoi nous ne pouvons pas nous permettre de perdre ce savoir accumulé au fil des siècles. »

Thomas sentit un mélange d'émotions contradictoires l'envahir. D'un côté, il était heureux de voir Alex retrouver un but, une passion. De l'autre, il s'inquiétait de cette décision précipitée.

« Tu as bien réfléchi ? » demanda-t-il. « Tu connais à peine ces gens. »

« Plus que vous ne pensez », répondit Alex. « J'ai passé la nuit à discuter avec eux. Ce ne sont pas des fanatiques, Thomas. Ce sont des gens comme moi – comme nous tous – qui essaient de reconstruire quelque chose de significatif dans ce monde brisé. »

Il regarda le groupe, cherchant la compréhension dans leurs yeux. « Je ne dis pas que je resterai définitivement. Juste... le temps de voir ce que je peux apporter ici. Le temps de respirer un peu. »

Robert, l'ancien instituteur, posa une main sur l'épaule d'Alex. « Je comprends ce que tu ressens, mon garçon. Cet endroit a quelque chose de... revigorant. Mais ta mère... »

Le visage d'Alex s'assombrit. « Je sais. C'est la partie la plus difficile. Mais je lui écrirai. Et peut-être qu'elle pourrait venir me voir, plus tard ? »

Jacques intervint, pragmatique comme toujours. « Nous ne pouvons pas t'obliger à rentrer avec nous, Alex. Tu es un adulte. Mais réfléchis bien – nous ne pourrons pas facilement revenir te chercher si tu changes d'avis. »

« Je comprends les risques », assura Alex. Son regard croisa celui de Thomas. « Et vous ? Qu'en pensez-vous ? »

Thomas soupira. « Ce n'est pas à moi de décider pour toi. Mais je comprends ton désir de rester. J'ai senti moi aussi quelque chose ici... une possibilité de guérison, peut-être. »

Ces mots semblèrent confirmer Alex dans sa décision. La discussion se poursuivit un moment, mais il était clair que son choix était fait. Les autres membres du groupe, bien que préoccupés, respectaient sa volonté.

Après leur conciliabule, Thomas prit Alex à part. Ils marchèrent le long des jardins en terrasses qui offraient une vue splendide sur la vallée en contrebas.

« Tu es vraiment sûr de toi ? » demanda Thomas une dernière fois.

Alex s'arrêta, contemplant le paysage. « Vous savez ce que j'ai ressenti hier soir, pendant la cérémonie ? Pas une révélation mystique, pas une conversion soudaine. Juste... un sentiment de cohérence. Comme si mon esprit et mon cœur s'alignaient enfin, après des années de dissonance. »

Il se tourna vers Thomas. « Depuis l'effondrement, j'ai vécu dans un état de contradiction permanente. Je savais que notre monde était irrémédiablement changé, mais je m'accrochais désespérément aux vestiges de l'ancien. Je mourais intellectuellement dans cette chambre remplie de livres, étouffant sous le poids d'un savoir qui semblait n'avoir plus aucune pertinence. »

« Et maintenant ? »

« Maintenant, je vois une voie à suivre. Pas un retour en arrière – c'est impossible – mais une façon d'honorer ce que nous avons perdu tout en construisant quelque chose de nouveau. Quelque chose qui intègre notre connaissance scientifique du monde plutôt que de la nier, mais qui reconnaît aussi nos besoins spirituels profonds. »

Thomas hocha lentement la tête. « Je comprends. Vraiment. »

« Je sais que vous vous inquiétez pour moi », ajouta Alex avec un léger sourire. « Vous craignez que je me laisse entraîner dans une secte. Mais ces gens ne demandent pas qu'on croie aveuglément. Ils encouragent le questionnement, le doute même. C'est rafraîchissant après... »

Il s'interrompit, comme hésitant à poursuivre.

« Après les certitudes dogmatiques de l'Église ? » compléta Thomas avec une ironie bienveillante.

Alex eut l'air gêné. « Je ne voulais pas vous offenser. »

« Tu ne m'offenses pas. J'ai eu les mêmes doutes. J'ai encore la plupart d'entre eux. »

Ils reprirent leur marche en silence. Au loin, des membres de la communauté travaillaient dans les champs, leurs silhouettes se détachant sur le paysage hivernal.

« Il y a autre chose que je dois vous dire », reprit finalement Alex, l'air soudain plus sérieux. « Gabriel m'a parlé d'un projet spécial qu'ils développent ici. Quelque chose qui pourrait intéresser notre communauté à Mornay. »

Thomas l'encouragea d'un regard à poursuivre.

« Ils créent un réseau. Un réseau de communautés partageant des connaissances, des ressources, des compétences. Pas juste des échanges matériels – bien que cela en fasse partie – mais un véritable réseau d'entraide intellectuelle et spirituelle. »

L'idée était intrigante. Depuis l'effondrement, la plupart des communautés survivantes s'étaient repliées sur elles-mêmes, méfiantes envers les étrangers. L'isolement était devenu la norme, chacun luttant pour sa propre survie.

« Ils ont déjà établi des liens avec trois autres groupes dans la région », poursuivit Alex avec enthousiasme. « Ils partagent des semences, des techniques agricoles, des connaissances médicales... mais aussi des livres, des idées. Ils organisent des rencontres saisonnières où chaque communauté envoie des représentants. »

« Et ils voudraient que Mornay rejoigne ce réseau ? »

« Exactement. Gabriel pense que votre – notre – communauté a beaucoup à offrir. Vos compétences en matière d'organisation sociale, les connaissances médicales de Sarah... »

Thomas réfléchit à cette proposition. Une telle alliance présentait des avantages évidents – plus de ressources, plus de compétences partagées, plus de sécurité collective. Mais aussi des risques – l'exposition à des étrangers, la possibilité de conflits, la perte d'autonomie.

« J'en parlerai au conseil », promit-il. « Emma et les autres devront évaluer cette proposition. »

Alex acquiesça, satisfait. « C'est tout ce que je demande. Que vous y réfléchissiez sérieusement. »

Ils atteignirent le bout du jardin, où un petit belvédère en pierre offrait un point de vue saisissant sur toute la vallée. Thomas s'assit sur un banc, invitant Alex à faire de même.

« Il y a quelque chose que je dois te demander », dit-il après un moment de silence. « Quelque chose de personnel. »

Alex l'invita à poursuivre d'un hochement de tête.

« Que comptes-tu faire de ta foi ? De tes croyances ? »

Le jeune homme sembla surpris par la question. « Je n'ai jamais été vraiment croyant, Thomas. Vous le savez. »

« Tu avais une foi, Alex. Pas en Dieu, peut-être, mais dans la science, dans le progrès, dans un certain ordre du monde. Cette foi a été ébranlée par l'effondrement, tout comme la mienne. »

Alex médita cette observation, reconnaissant sa justesse. « Je suppose que c'est vrai. J'avais une vision du monde, un système de valeurs basé sur certaines présuppositions. Et oui, tout cela s'est effondré. »

« Alors, qu'est-ce qui le remplace maintenant ? »

Le jeune homme réfléchit longuement avant de répondre. « Je ne sais pas si j'ai une réponse définitive. Mais ce que j'ai trouvé ici, c'est une façon d'être à la fois honnête intellectuellement et ouvert spirituellement. Une façon d'intégrer les vérités scientifiques que nous connaissons sans nier cette dimension plus profonde de l'expérience humaine. »

Il marqua une pause, cherchant ses mots. « Je ne crois pas que je trouverai jamais une certitude absolue. Et peut-être que c'est bien ainsi. Peut-être que la quête elle-même est plus importante que la destination. »

Thomas sourit, touché par la maturité de cette réflexion. « Tu as peut-être raison. »

Ils restèrent assis en silence pendant un moment, contemplant le paysage. Les nuages que Jacques avait remarqués s'étaient rapprochés, assombrissant l'horizon.

« Vous devriez vraiment partir demain », dit finalement Alex. « Le temps va se dégrader. »

Thomas acquiesça. « Tu vas me manquer, tu sais. Et à ta mère encore plus. »

« Je sais. Dites-lui... dites-lui que je vais bien. Que j'ai trouvé quelque chose qui a du sens pour moi. Et que je reviendrai la voir dès que possible. »

*****

Le reste de la journée fut consacré aux préparatifs du départ et aux derniers échanges avec les Éveillés. Sarah passa plusieurs heures avec Léna, l'herboriste, prenant des notes détaillées sur les propriétés médicinales de diverses plantes et les méthodes de préparation. Jacques s'entretint longuement avec ceux qui s'occupaient des systèmes d'irrigation et de récupération d'eau, dessinant des schémas qu'il espérait reproduire à Mornay.

Thomas, quant à lui, chercha Gabriel. Il le trouva dans la chapelle transformée, en train de restaurer l'une des fresques murales – un travail minutieux qu'il accomplissait avec la patience d'un artisan d'autrefois.

« Ah, Thomas », l'accueillit Gabriel en descendant de son échafaudage rudimentaire. « J'espérais vous voir avant votre départ. »

Thomas s'approcha, observant la fresque en cours de restauration. Elle représentait un arbre immense dont les racines plongeaient dans le sol et les branches s'élevaient vers un ciel étoilé. Des figures humaines étaient intégrées à l'image – certaines parmi les racines, d'autres dans le tronc, d'autres encore semblant flotter parmi les branches et les étoiles.

« C'est l'Arbre-Monde », expliqua Gabriel, suivant son regard. « Un symbole qu'on retrouve dans de nombreuses traditions. Les Scandinaves l'appelaient Yggdrasil, les Hindous parlent de l'Ashvattha, les Kabbalists du Sephirot... » Il sourit. « Les mythes changent, mais les intuitions profondes qu'ils expriment persistent à travers les âges. »

Thomas hocha la tête. « Alex m'a parlé de votre réseau de communautés. »

« Ah, oui. » Gabriel s'essuya les mains sur un chiffon. « Qu'en pensez-vous ? »

« L'idée est intéressante. Mais j'ai des questions. Des préoccupations. »

« Je m'en doute. Posez-les moi franchement. »

Thomas prit un moment pour organiser ses pensées. « Quelle est votre vision à long terme ? Ce réseau... est-ce simplement un mécanisme de survie, ou avez-vous d'autres ambitions ? »

Gabriel considéra la question avec sérieux. « C'est une interrogation légitime. » Il invita Thomas à s'asseoir sur un banc près de la fresque. « La vérité, c'est que nous envisageons quelque chose de plus qu'un simple système d'entraide matérielle. Nous espérons créer les fondations d'une nouvelle façon de vivre ensemble. »

Il désigna la fresque de l'Arbre-Monde. « Cette image n'est pas juste décorative. Elle représente notre vision – un réseau de communautés interconnectées mais autonomes, chacune avec ses spécificités, ses forces, sa culture propre, mais toutes participant à un écosystème plus vaste. Comme les différentes parties d'un organisme vivant. »

« Cela ressemble à une nouvelle civilisation », remarqua Thomas.

« Peut-être. Ou peut-être est-ce simplement un retour à des formes d'organisation humaine plus anciennes, plus organiques. Avant les États-nations centralisés, avant l'économie mondialisée, les humains vivaient en réseaux de communautés liées par des échanges culturels et commerciaux, mais chacune conservant son identité propre. »

Thomas médita cette réponse. Il y avait une certaine sagesse dans cette vision, un équilibre entre indépendance locale et interconnexion plus large qui semblait adapté à leur monde post-effondrement.

« Et la dimension spirituelle dans tout ça ? » demanda-t-il finalement. « Je comprends l'intérêt pratique de ce réseau. Mais vous n'êtes pas simplement un groupe de survivants pragmatiques. Vous avez une philosophie, une approche spirituelle spécifique. »

Gabriel sourit, appréciant visiblement la perspicacité de la question. « C'est vrai. Et c'est là que réside la complexité. Nous ne cherchons pas à imposer notre vision aux autres communautés. Nous ne sommes pas des missionnaires d'une nouvelle religion. »

Il se leva et fit quelques pas vers la fresque, contemplant son œuvre. « Ce que nous proposons, c'est un cadre. Un espace où différentes approches spirituelles peuvent coexister et dialoguer. Où les sagesses anciennes peuvent rencontrer les connaissances modernes. Où la science et la spiritualité ne sont plus des adversaires, mais des partenaires dans notre quête de compréhension. »

« Un beau rêve », commenta Thomas, non sans une certaine mélancolie. « Mais l'histoire nous a montré combien les différences spirituelles peuvent engendrer de conflits. »

« Vous avez raison », acquiesça Gabriel. « C'est pourquoi nous insistons sur certains principes fondamentaux – la liberté de conscience, le respect mutuel, l'humilité épistémique. Nous ne prétendons pas détenir la vérité ultime, Thomas. Nous proposons un chemin, pas une destination. »

Cette humilité continuait d'impressionner Thomas. Elle contrastait vivement avec le dogmatisme qu'il avait connu – et parfois incarné – dans sa vie antérieure.

« Je vous crois sincère », dit-il finalement. « Et je présenterai votre proposition au conseil de Mornay avec équité. Mais je ne peux pas préjuger de leur décision. »

« C'est tout ce que je demande », répondit Gabriel. Il hésita un instant, puis ajouta : « Et vous, Thomas ? Qu'allez-vous faire ? »

La question prit Thomas au dépourvu. « Que voulez-vous dire ? »

« Vous êtes à un carrefour, je pense. L'homme que vous étiez – le prêtre, le gardien d'une tradition – cet homme a perdu ses repères. Mais un nouveau Thomas émerge des ruines. Je le vois dans vos yeux, dans vos questions. Alors, quel chemin allez-vous emprunter ? »

Thomas sentit un frisson parcourir son échine. Gabriel avait mis le doigt sur la question qui le tourmentait depuis des mois, peut-être des années.

« Je ne sais pas », admit-il. « Je porte encore l'habit, mais la foi qui l'accompagnait s'est... transformée. Peut-être éteinte. »

Gabriel secoua doucement la tête. « Je ne crois pas qu'elle se soit éteinte. Plutôt qu'elle cherche une nouvelle expression. Une forme plus adaptée à l'homme que vous êtes devenu, au monde dans lequel nous vivons maintenant. »

Il posa une main sur l'épaule de Thomas, un geste simple mais chargé d'une compassion authentique. « Quoi que vous décidiez, sachez que vous serez toujours le bienvenu ici. Pour une visite, ou pour plus longtemps si vous le souhaitez. »

Thomas hocha la tête, touché par cette offre. « Merci. »

Alors qu'il s'apprêtait à quitter la chapelle, Gabriel ajouta : « Une dernière chose, Thomas. Alex est un jeune homme brillant. Son esprit est vif, mais son cœur a été profondément blessé par l'effondrement. Nous prendrons soin de lui, je vous le promets. »

« Je sais », répondit Thomas. « C'est l'une des raisons pour lesquelles je ne m'oppose pas à sa décision de rester. Je vois qu'il a trouvé ici quelque chose qu'il cherchait désespérément. »

Gabriel sourit. « Nous avons tous besoin de trouver notre place dans ce nouveau monde. La sienne est peut-être ici, pour un temps du moins. Et la vôtre ? »

Thomas quitta la chapelle sans répondre, mais la question résonnait en lui comme un écho.

*****

Le soir venu, un dernier repas fut partagé avec toute la communauté. L'ambiance était chaleureuse mais teintée de la mélancolie des adieux. Alex, assis entre Irène et Anton, semblait déjà intégré au groupe des Éveillés. Son visage avait perdu cette tension anxieuse que Thomas avait observée pendant des mois. Il paraissait... pas exactement heureux, mais apaisé. Plus présent.

Sofia vint s'asseoir à côté de Thomas, lui offrant une coupe de tisane parfumée. « Vous semblez préoccupé », observa-t-elle.

« Je réfléchis à tout ce que j'ai vu ici », répondit-il. « C'est... déstabilisant. Dans le bon sens du terme, je crois. »

Sofia sourit. « Les transitions sont toujours inconfortables. Passer d'une vision du monde à une autre, c'est comme muer – on doit se défaire d'une peau devenue trop étroite, mais la nouvelle est encore fragile, vulnérable. »

Thomas approuva d'un hochement de tête. « Une belle métaphore. »

« Avant l'effondrement, j'étais professeure de littérature comparée », expliqua Sofia. « Les métaphores étaient mon outil de travail. » Elle marqua une pause. « Vous savez, quand tout s'est effondré, j'ai d'abord pensé que ma formation, mes connaissances, étaient devenues inutiles. Qui se soucie de poésie quand il faut se battre pour survivre ? »

« Et maintenant ? »

« Maintenant, je comprends que c'était une erreur. La survie physique est nécessaire, bien sûr. Mais elle n'est pas suffisante. Les humains ont besoin de sens, de beauté, de connexion. Les histoires, les symboles, les métaphores – ce sont les outils qui nous permettent de donner du sens à notre expérience, même – surtout – dans les moments les plus sombres. »

Thomas médita ces paroles. N'était-ce pas ce qu'il avait instinctivement compris en continuant à officier dans son église vide ? Que les rituels, même vidés de leur contenu théologique, conservaient une valeur en tant qu'ancrages dans le flux chaotique de l'existence ?

« Vous avez créé quelque chose de remarquable ici », dit-il finalement. « Quelque chose qui honore à la fois notre besoin de sens spirituel et notre connaissance rationnelle du monde. »

Sofia secoua modestement la tête. « Nous essayons. Nous tâtonnons, comme tout le monde. Mais nous avons au moins compris une chose – que nous ne pouvons pas revenir en arrière, et que nous ne pouvons pas non plus avancer sans emporter avec nous ce qui était précieux dans notre passé. »

Le repas s'acheva par un rituel simple – chaque membre de la communauté exprimait sa gratitude pour quelque chose qu'il avait appris ou reçu ce jour-là. Lorsque vint le tour de Thomas, il hésita, puis dit simplement : « Je suis reconnaissant pour les questions que j'emporte avec moi. Des questions qui valent mieux que les certitudes que j'avais en arrivant. »

Cette déclaration fut accueillie par des murmures approbateurs et quelques sourires complices.

Plus tard, alors que la communauté se dispersait pour la nuit, Alex accompagna Thomas jusqu'à sa cellule.

« Vous direz à ma mère que je lui écrirai bientôt ? » demanda-t-il, soudain anxieux comme un enfant.

« Bien sûr », promit Thomas. « Je lui expliquerai tout. »

Alex hocha la tête, reconnaissant. Puis, dans un geste qui surprit Thomas, il le serra brièvement dans ses bras. « Merci », murmura-t-il. « Pour tout. »

Thomas le regarda s'éloigner dans le couloir faiblement éclairé, ce jeune homme qu'il avait vu sombrer dans le désespoir et qui semblait maintenant avoir trouvé un nouveau départ. Était-ce réellement grâce aux Éveillés ? Ou Alex aurait-il trouvé son chemin de toute façon, une fois prêt à émerger de sa chrysalide de douleur ?

Peut-être les deux, pensa Thomas. Parfois, la guérison venait de l'intérieur, mais elle avait besoin d'un espace propice pour s'épanouir. Et c'était peut-être ce que les Éveillés offraient avant tout – non pas des réponses toutes faites, mais un espace où chacun pouvait chercher les siennes.

Cette nuit-là, Thomas dormit d'un sommeil profond et sans rêves. À son réveil, il se sentait étrangement léger, comme si un fardeau invisible avait été allégé pendant son sommeil.

*****

Le départ eut lieu tôt le matin, sous un ciel bas et menaçant. La température avait chuté pendant la nuit, et un vent froid s'était levé, annonçant la tempête prévue par Jacques.

Une petite délégation des Éveillés était venue les saluer – Gabriel, Sofia, Irène et bien sûr Alex, qui remit à Thomas une lettre scellée pour sa mère. Des provisions avaient été préparées pour leur voyage de retour – plus généreuses que ce que le protocole d'hospitalité exigeait, nota Thomas.

« N'oubliez pas notre proposition », rappela Gabriel en serrant la main de Thomas. « Le réseau est ouvert à tous ceux qui partagent nos valeurs fondamentales de respect mutuel et de libre exploration. »

« Je la transmettrai fidèlement », assura Thomas.

Les adieux furent brefs – la météo ne permettait pas de s'attarder. Le groupe de Mornay s'éloigna d'un pas vif, se retournant une dernière fois pour saluer de la main. Thomas vit Alex, debout entre Sofia et Irène, qui leur faisait signe. Il semblait déjà faire partie de cette communauté, comme s'il avait trouvé la place qui lui était destinée.

La marche du retour fut plus difficile que l'aller. Le vent forcissait d'heure en heure, charriant des nuages de plus en plus sombres. Jacques accélérait le pas, pressant le groupe. Ils s'arrêtèrent à peine pour une courte pause à midi, mangeant rapidement le pain et le fromage fournis par les Éveillés.

« Nous devons atteindre l'ancienne station-service avant la tombée de la nuit », insista Jacques. « C'est le seul abri sûr sur notre route. »

Ils reprirent leur marche, luttant contre le vent qui soufflait maintenant en violentes rafales. L'horizon s'était assombri, et Thomas sentait la température chuter encore. Bientôt, de premiers flocons de neige commencèrent à tourbillonner autour d'eux.

« Plus vite ! » cria Jacques par-dessus son épaule. « La tempête arrive ! »

Ils hâtèrent le pas, mais la neige s'intensifiait rapidement, réduisant la visibilité. Thomas aidait Sarah, dont les jambes vieillissantes peinaient dans ces conditions difficiles. Ils avançaient presque à l'aveugle maintenant, suivant la silhouette floue de Jacques qui progressait quelques mètres devant.

« Là-bas ! » s'écria soudain leur guide, pointant devant lui. À travers le rideau blanc, Thomas distingua la forme trapue de l'ancienne station-service. Ils l'atteignirent juste au moment où la tempête se déchaînait pleinement, le vent hurlant comme une bête enragée.

L'intérieur était froid et sombre, mais au moins ils étaient à l'abri. Jacques et Robert colmatèrent rapidement les ouvertures les plus exposées avec des débris trouvés sur place. Marie et Chloé préparèrent un feu dans ce qui avait été autrefois le bureau du gérant, utilisant du mobilier brisé comme combustible.

Bientôt, une chaleur relative se répandit dans leur abri de fortune. Ils s'installèrent en cercle autour du feu, partageant le reste des provisions. La tempête faisait rage à l'extérieur, secouant les murs de la station-service.

« Nous devrons attendre que ça se calme », annonça Jacques. « Impossible de continuer dans ces conditions. »

Personne ne protesta. Dehors, la nuit était tombée, ajoutant son obscurité à celle de la tempête.

Thomas contemplait les flammes, perdu dans ses pensées. Les images des derniers jours défilaient dans son esprit – la cérémonie du solstice, les conversations avec Gabriel, la transformation d'Alex, sa propre évolution intérieure...

« À quoi pensez-vous, Thomas ? » demanda Sarah, qui s'était assise à côté de lui.

Il hésita avant de répondre. « Je pense à ce que nous avons vu. À ce que cela signifie pour nous. Pour moi. »

Sarah hocha la tête, compréhensive. « C'était... inspirant, n'est-ce pas ? Pas seulement leur organisation matérielle, mais leur approche globale. Leur façon d'intégrer différentes formes de connaissance. »

« Oui. » Thomas jeta une brindille dans le feu, observant comment elle s'enflammait instantanément. « Ils ont réussi quelque chose que je croyais impossible – réconcilier la raison et le mystère, la science et la spiritualité. »

« Cela vous trouble ? »

Thomas sourit faiblement. « Disons que cela remet en question beaucoup de mes certitudes. Ou ce qu'il en restait. »

Il y eut un moment de silence, ponctué seulement par le craquement du feu et le hurlement du vent à l'extérieur.

« Vous savez », reprit Sarah doucement, « avant l'effondrement, j'étais ce qu'on appelait une scientifique pure et dure. Je ne croyais qu'à ce qui pouvait être mesuré, quantifié, vérifié par l'expérience. La spiritualité me semblait au mieux une illusion consolante, au pire une superstition dangereuse. »

Thomas l'encouragea d'un regard à poursuivre.

« Puis tout s'est effondré. Nos systèmes, nos certitudes, nos structures. Et j'ai découvert que ma vision scientifique du monde, bien que précieuse, était incomplète. Elle ne répondait pas à certaines questions essentielles – pourquoi se battre pour survivre ? Quel sens donner à la souffrance ? Comment affronter la mort, omniprésente dans notre nouveau monde ? »

Elle fit une pause, cherchant ses mots. « Je n'ai pas trouvé ces réponses dans mes manuels de médecine ou mes articles scientifiques. Je les ai trouvées... ailleurs. Dans la connexion humaine. Dans la beauté qui persiste malgré tout. Dans ces moments de transcendance qui surviennent parfois, quand on s'y attend le moins. »

Thomas hocha la tête, comprenant parfaitement ce qu'elle décrivait.

« Ce que j'ai vu chez les Éveillés », poursuivit Sarah, « c'est une tentative de donner une forme à cette expérience, sans la dénaturer par des dogmes rigides. Une spiritualité qui n'exige pas qu'on abandonne sa raison. »

« C'est exactement ça », murmura Thomas. « Ils ont trouvé un équilibre que je cherche depuis longtemps. »

Le silence retomba entre eux, confortable et méditatif. Autour du feu, les autres membres du groupe discutaient à voix basse de leur expérience au monastère, chacun y ayant trouvé quelque chose de différent – Jacques admirait leur organisation pratique, Robert leur approche éducative, Marie leurs méthodes agricoles...

Thomas se perdit à nouveau dans ses pensées. Un souvenir émergea soudain, avec une clarté surprenante. C'était peu après le début de l'effondrement, quand les communications étaient devenues sporadiques mais existaient encore. Il avait reçu un appel de son évêque – l'une des dernières communications officielles de la hiérarchie ecclésiastique avant que les réseaux ne tombent définitivement.

L'évêque, un homme qu'il avait toujours respecté pour son intelligence et son humanité, semblait brisé. « Thomas », avait-il dit d'une voix fatiguée, « je ne sais plus quoi dire aux fidèles. Nos réponses semblent creuses face à tant de souffrance. Comment parler de la Providence divine quand le monde s'écroule ? »

Thomas n'avait pas su quoi répondre alors. Et maintenant, trois ans plus tard, assis dans cette station-service abandonnée, au milieu d'une tempête de neige, il se demandait ce qu'il dirait s'il pouvait remonter le temps jusqu'à cette conversation.

Peut-être aurait-il dit : « Peut-être que notre conception de Dieu était trop petite. Peut-être que nous l'avions enfermé dans nos dogmes, nos rituels, nos certitudes. Peut-être que l'effondrement est aussi celui de nos images divines obsolètes, pour faire place à quelque chose de plus vaste, de plus mystérieux, mais aussi de plus authentique. »

Un craquement soudain le tira de sa rêverie. Jacques s'était levé et examinait le plafond avec inquiétude.

« La structure ne tiendra peut-être pas si la tempête continue », annonça-t-il. « Nous devrions établir un tour de garde. »

Ils organisèrent des rotations de deux heures. Thomas se porta volontaire pour le premier tour, avec Robert. Les autres s'installèrent pour dormir, s'enveloppant dans leurs couvertures et se serrant les uns contre les autres pour conserver la chaleur.

Thomas et Robert restèrent près du feu, l'alimentant régulièrement pour maintenir un minimum de chaleur. L'ancien instituteur était un homme discret, qui parlait peu mais observait beaucoup. C'était lui qui avait géré l'école improvisée de Mornay jusqu'à ce que sa santé fragile l'oblige à passer le relais à d'autres.

« Vous pensez que le conseil acceptera la proposition des Éveillés ? » demanda Thomas après un long silence.

Robert réfléchit avant de répondre. « Emma est pragmatique. Si elle y voit un avantage pour Mornay, elle l'envisagera sérieusement. Les autres membres du conseil suivront probablement son avis. »

« Et vous ? Qu'en pensez-vous ? »

« Je pense que c'est nécessaire », répondit Robert avec une conviction qui surprit Thomas. « L'isolement nous tue à petit feu. Pas seulement physiquement, mais intellectuellement, culturellement. Les communautés qui survivront à long terme ne sont pas celles qui se referment sur elles-mêmes, mais celles qui collaborent, qui échangent, qui construisent ensemble. »

Il tisonna le feu, envoyant une gerbe d'étincelles vers le plafond. « Je suis vieux, Thomas. J'ai connu le monde d'avant. Ses merveilles, mais aussi ses folies. Et si nous devons reconstruire – pas restaurer l'ancien monde, ce qui est impossible, mais en bâtir un nouveau sur ses ruines – alors nous devons être intelligents. Apprendre de nos erreurs. »

« Et vous pensez que les Éveillés sont sur la bonne voie ? »

« Je pense qu'ils posent les bonnes questions. Et c'est un début. » Il sourit. « Comme vous l'avez dit hier soir – des questions qui valent mieux que des certitudes. »

La tempête continua à faire rage toute la nuit. À deux reprises, des sections du toit menacèrent de céder sous le poids de la neige, mais Jacques organisa rapidement des étaiements improvisés qui tinrent bon.

À l'aube, le vent s'apaisa enfin. Jacques, qui avait pris le dernier tour de garde, réveilla le groupe.

« La neige a cessé », annonça-t-il. « Nous devrions partir maintenant, avant qu'une autre vague ne nous bloque. »

Ils rassemblèrent leurs affaires et quittèrent leur abri. Dehors, un paysage métamorphosé les attendait. La neige avait tout recouvert d'un manteau immaculé, transformant les ruines de l'ancien monde en sculptures abstraites d'une étrange beauté. Le soleil se levait à l'horizon, teintant cette blancheur de reflets rosés.

Thomas s'arrêta un instant, saisi par la beauté surréelle de la scène. Il y avait quelque chose de profondément métaphorique dans ce tableau – les vestiges de l'ancien monde, transfigurés par un élément naturel, révélant une beauté inattendue dans ce qui n'était auparavant que désolation.

Ils progressèrent lentement dans la neige profonde. Jacques en tête, frayant un chemin pour les autres. La marche était épuisante, mais le ciel dégagé et le soleil montant rendaient le voyage moins pénible que la veille.

Vers midi, ils aperçurent enfin les contours de Mornay. De la fumée s'élevait des cheminées, signe que la vie continuait malgré l'hiver rigoureux. Thomas sentit un mélange de soulagement et d'appréhension l'envahir. Soulagement d'être rentré sain et sauf. Appréhension face aux décisions qui l'attendaient.

En approchant du village, ils virent des silhouettes s'agiter, les ayant repérés. Bientôt, un comité d'accueil se forma à l'entrée de Mornay – Emma en tête, avec plusieurs autres membres de la communauté, dont Élise, la mère d'Alex. Son visage anxieux scrutait le groupe, cherchant évidemment son fils.

« Bienvenue ! » les accueillit Emma. « Nous commencions à nous inquiéter avec cette tempête. »

Jacques lui fit un bref compte-rendu de leur situation, expliquant comment ils avaient dû s'abriter pendant la nuit. Puis les regards se tournèrent vers Thomas, et plus particulièrement vers Élise, dont le visage reflétait une inquiétude grandissante.

« Où est Alex ? » demanda-t-elle, sa voix tremblante trahissant sa peur.

Thomas s'avança, posant doucement une main sur son épaule. « Il va bien, Élise. Il a décidé de rester quelque temps au monastère. »

La nouvelle fut accueillie par des murmures surpris. Élise vacilla légèrement, comme sous l'effet d'un coup.

« Rester ? Mais pourquoi ? »

Thomas lui tendit la lettre qu'Alex lui avait confiée. « Il t'explique tout ici. Mais je peux te dire qu'il a trouvé quelque chose là-bas. Quelque chose qui lui a redonné... un sens. Une direction. »

Élise prit la lettre d'une main tremblante. « Est-ce... est-ce qu'il reviendra ? »

« Je le crois », répondit Thomas avec sincérité. « Mais il a besoin de ce temps. De cet espace. »

Les autres survivants s'approchèrent, curieux d'en savoir plus sur le monastère et ses habitants. Emma imposa le silence d'un geste.

« Vous nous raconterez tout cela après vous être reposés et réchauffés. Venez, un repas chaud vous attend. »

Le groupe suivit Emma vers le centre du village. Thomas resta en arrière avec Élise, qui tenait toujours la lettre sans l'ouvrir, comme si elle craignait ce qu'elle pourrait y découvrir.

« C'est un endroit extraordinaire, tu sais », lui dit doucement Thomas. « Pas une secte, pas un groupe dangereux. Des gens qui cherchent à reconstruire quelque chose de significatif. Et Alex... il était plus vivant que je ne l'ai vu depuis des mois. »

Élise hocha lentement la tête, des larmes silencieuses coulant sur ses joues. « Je le perds, n'est-ce pas ? »

« Non », répondit fermement Thomas. « Tu ne le perds pas. Il trouve son chemin. C'est différent. Et c'est nécessaire. »

Elle glissa la lettre dans sa poche. « Je la lirai plus tard. Quand je serai seule. »

Ils rejoignirent les autres dans l'ancienne salle des fêtes, transformée en réfectoire communautaire. Un repas simple mais nourrissant – de la soupe chaude, du pain, et un ragoût de légumes racines – les attendait. La chaleur, la nourriture, et les visages familiers créaient une atmosphère de réconfort après les rigueurs du voyage.

Une fois le repas terminé, Emma convoqua une réunion du conseil pour entendre le rapport détaillé de leur visite. Thomas, Jacques et Sarah y participèrent, chacun présentant ses observations depuis sa perspective – Jacques sur l'organisation matérielle, Sarah sur les pratiques médicales, Thomas sur la dimension spirituelle et philosophique.

Lorsqu'ils en vinrent à la proposition de réseau, Emma écouta attentivement, posant des questions précises sur les implications pratiques, les risques potentiels, les avantages concrets.

« Cela mérite réflexion », conclut-elle. « Nous en discuterons plus longuement lors de notre prochaine assemblée générale. »

La réunion s'acheva, et les membres du conseil se dispersèrent. Thomas resta seul avec Emma, qui rassemblait ses notes.

« Et toi, Thomas ? » demanda-t-elle soudain, levant les yeux vers lui. « Qu'as-tu trouvé là-bas ? »

La question, si similaire à celle que Gabriel lui avait posée, le fit sourire intérieurement. « Des possibilités », répondit-il après un moment. « Des chemins que je n'avais pas envisagés. »

Emma l'observa attentivement. « Tu penses y retourner, n'est-ce pas ? »

Thomas ne répondit pas immédiatement. La question l'avait hanté pendant tout le voyage de retour. Une part de lui était attirée par ce que les Éveillés avaient créé – cette fusion harmonieuse de raison et de spiritualité, cette communauté qui valorisait à la fois le savoir ancien et les connaissances modernes.

« Je ne sais pas encore », dit-il finalement. « J'ai des responsabilités ici. »

« Des responsabilités que d'autres pourraient assumer », remarqua Emma. « Ne te méprends pas, Thomas. Tu es précieux pour Mornay. Ton calme, ta sagesse, ta capacité à apaiser les conflits... nous avons besoin de toi. Mais si ton chemin te mène ailleurs, nous comprendrons. »

Thomas sentit une boule se former dans sa gorge. La compréhension d'Emma le touchait profondément. « Merci », murmura-t-il. « J'ai besoin de temps. Pour réfléchir. Pour... clarifier ce que je ressens vraiment. »

Emma acquiesça. « Prends le temps qu'il te faut. »

*****

Les jours suivants passèrent dans une étrange torpeur pour Thomas. Il reprit ses activités habituelles – le travail au potager communautaire, ses visites aux malades et aux personnes âgées, ses moments de méditation silencieuse dans l'église abandonnée. Mais quelque chose avait changé en lui. Comme si une graine avait été plantée lors de son séjour chez les Éveillés, une graine qui germait lentement dans les profondeurs de son être.

Une semaine après leur retour, alors qu'il travaillait seul dans le potager, il fut rejoint par Élise. Son visage portait les traces d'une nuit d'insomnie, mais ses yeux reflétaient une certaine paix.

« J'ai enfin lu sa lettre », dit-elle sans préambule. « Trois fois. »

Thomas posa sa bêche, attentif. « Et ? »

« Il explique pourquoi il a besoin de rester là-bas. Les projets auxquels il participe. Les gens qu'il a rencontrés. » Elle s'interrompit, cherchant ses mots. « Il écrit avec une... clarté que je ne lui avais pas vue depuis l'effondrement. Comme s'il avait retrouvé sa voix. »

Thomas sourit doucement. « C'est ce que j'ai observé aussi. »

« Il dit qu'il reviendra me voir au printemps. Que peut-être je pourrais même les rejoindre, si je le souhaite. » Elle eut un petit rire sans joie. « Moi qui craignais qu'il ne m'ait abandonnée. »

« Il cherche sa voie, Élise. C'est tout. »

Elle hocha la tête, pensive. « À la fin de sa lettre, il écrit quelque chose d'étrange. Il dit : 'Maman, nous avons perdu notre monde, mais pas notre humanité. Et c'est cette humanité que nous devons maintenant réinventer.' » Elle leva les yeux vers Thomas. « Qu'en pensez-vous ? »

Thomas sentit un frisson parcourir son échine. Ces mots résonnaient profondément en lui, comme s'ils exprimaient quelque chose qu'il avait toujours su mais n'avait jamais pu formuler.

« Je pense que c'est exactement ce dont nous avons besoin », répondit-il doucement. « Réinventer notre humanité. Pas essayer de recréer l'ancien monde, ce qui serait futile. Pas non plus nous résigner à une simple survie animale. Mais trouver une nouvelle façon d'être pleinement humains dans ce monde transformé. »

Élise médita ces paroles, puis hocha lentement la tête. « Je crois que je comprends maintenant. » Elle lui tendit la main, un geste simple mais chargé de gratitude. « Merci de l'avoir accompagné là-bas. De lui avoir permis de trouver cela. »

Thomas serra sa main, touché par sa compréhension. « C'est lui qui l'a trouvé. Je n'ai fait que l'accompagner sur le chemin. »

Après le départ d'Élise, Thomas resta longtemps immobile dans le potager désert. Les paroles d'Alex résonnaient en lui comme un appel, un défi. « Réinventer notre humanité. » N'était-ce pas ce qu'il cherchait lui-même, depuis que les fondements de son ancienne vie s'étaient effondrés ?

Ce soir-là, il retourna à l'église pour la première fois depuis leur retour du monastère. L'édifice était silencieux et froid, comme toujours. Mais Thomas le voyait maintenant avec un regard neuf. Ce n'était plus le tombeau de sa foi perdue, mais peut-être le berceau de quelque chose de nouveau.

Il s'avança jusqu'à l'autel délaissé et, d'un geste délibéré, retira son col romain. Ce simple acte lui procura un sentiment inattendu de libération. Non pas qu'il reniait son passé – il l'honorait en reconnaissant qu'il faisait partie de lui, qu'il l'avait façonné. Mais il acceptait enfin que ce chapitre était clos, et qu'un nouveau s'ouvrait.

Tenant le petit morceau de tissu blanc, symbole de son ancienne identité, Thomas comprit finalement la décision qui se dessinait en lui depuis leur visite chez les Éveillés. Il retournerait au monastère. Non pour fuir ses responsabilités à Mornay, mais pour explorer ce nouveau chemin qui s'offrait à lui. Pour voir s'il pouvait contribuer à cette réinvention de l'humanité dont parlait Alex.

Il déposa son col sur l'autel, comme une offrande ou un adieu. Puis il quitta l'église d'un pas léger, sachant qu'il y avait encore beaucoup à faire – préparer son départ, organiser la transition de ses responsabilités, expliquer sa décision à la communauté...

Mais pour la première fois depuis l'effondrement, il marchait avec un but clair. Non plus simplement survivre jour après jour, mais participer à la création de quelque chose de nouveau. Quelque chose qui honorerait à la fois ce qui avait été perdu et ce qui restait à découvrir.

Dehors, la nuit était claire, les étoiles brillant intensément dans le ciel d'hiver. Thomas les contempla un moment, sentant une connexion profonde avec ce cosmos infini. Peut-être que le divin était là, après tout – non pas dans les dogmes et les rituels, mais dans cette immensité mystérieuse, dans ces liens invisibles qui unissaient toutes choses, des étoiles lointaines jusqu'aux atomes de son propre corps.

« Réinventer notre humanité », murmura-t-il aux étoiles. Et pour la première fois depuis longtemps, ces mots ressemblaient à une prière.

La renaissance

Trois mois s'étaient écoulés depuis que Thomas avait pris sa décision. L'hiver avait progressivement cédé la place au printemps, transformant le paysage désolé en une explosion de vert tendre. La nature, imperturbable dans ses cycles, continuait sa renaissance annuelle, indifférente aux bouleversements humains.

Ce matin-là, Thomas se tenait devant l'assemblée de Mornay réunie dans l'ancienne salle des fêtes. Tous les membres de la communauté étaient présents – près de quatre-vingts personnes qui avaient bravé l'effondrement et construit ensemble un semblant de stabilité dans le chaos. Des visages familiers qu'il avait appris à connaître et à aimer durant ces années difficiles.

« Comme vous le savez, je partirai demain pour le monastère de Saint-Léger », commença-t-il, sa voix résonnant dans la salle silencieuse. « Ce n'est pas un adieu définitif, mais plutôt le début d'un nouveau chapitre – pour moi, et je l'espère, pour notre communauté. »

Il balaya du regard l'assemblée. Emma était assise au premier rang, son visage ridé reflétant un mélange de compréhension et de tristesse. À côté d'elle, Élise, qui avait finalement accepté sa décision après de longues conversations sur l'avenir d'Alex et le sien. Plus loin, Jacques,

Sarah, et tous ceux avec qui il avait partagé les épreuves et les rares joies de cette vie post-effondrement.

« Ces trois derniers mois ont été consacrés à préparer cette transition », poursuivit Thomas. « Sarah a accepté de reprendre mes responsabilités médicales. Robert continuera à coordonner l'éducation des enfants. Et pour le soutien spirituel que certains d'entre vous recherchaient auprès de moi... » Il marqua une pause, choisissant soigneusement ses mots. « Marie a proposé d'ouvrir un espace de dialogue et de méditation hebdomadaire. Non pas pour remplacer ce que je faisais, mais pour offrir quelque chose de différent, peut-être de plus adapté à notre réalité actuelle. »

Des hochements de tête approbateurs accueillirent cette annonce. Marie, une femme d'une cinquantaine d'années au visage serein, avait révélé ces derniers mois une profondeur spirituelle que peu soupçonnaient chez cette agricultrice pragmatique.

« Je pars également avec un mandat du conseil », continua Thomas, « celui d'explorer plus avant l'offre de réseau proposée par les Éveillés. Non pas pour engager Mornay sans votre consentement, mais pour établir les bases d'une possible collaboration future. »

C'était le résultat de nombreuses discussions avec le conseil communautaire. Après des débats parfois houleux, la proposition avait été acceptée – non sans réserves, mais avec une ouverture prudente. L'isolement devenait de plus en plus difficile à maintenir, et les avantages potentiels d'une alliance dépassaient les risques perçus.

« Quelqu'un souhaite-t-il s'exprimer avant que nous concluions cette assemblée ? » demanda Thomas.

Un silence, puis une main se leva au fond de la salle. C'était Julien, un homme d'une soixantaine d'années qui avait été l'un des plus sceptiques concernant les Éveillés.

« J'ai une question, Thomas », dit-il en se levant. « Tu as été notre prêtre pendant des années. Tu nous as baptisés, mariés, tu as enterré nos morts. Tu nous as guidés à travers les ténèbres de l'effondrement avec les mots de l'Évangile. » Il fit une pause, cherchant ses mots. « Et maintenant, tu pars vers une communauté qui... qui semble avoir créé sa propre religion. Comment réconcilies-tu cela avec ta foi ? »

La question était franche, directe, et méritait une réponse tout aussi sincère. Thomas prit un moment pour réfléchir, conscient que sa réponse importait non seulement pour Julien, mais pour beaucoup d'autres qui se posaient peut-être la même question sans oser la formuler.

« Ma foi s'est transformée, Julien », répondit-il finalement. « Je ne peux pas prétendre qu'elle est restée intacte face à tout ce que nous avons vécu. Je ne crois plus que Dieu est un être extérieur qui contrôle chaque aspect de nos vies, qui punit ou récompense selon un plan mystérieux. »

Il fit quelques pas sur l'estrade improvisée, cherchant à connecter avec chaque personne présente.

« Mais je n'ai pas abandonné ma quête spirituelle pour autant. J'ai simplement compris qu'elle devait évoluer, comme tout le reste. Les Éveillés n'ont pas 'créé une religion'. Ils explorent de nouvelles façons de comprendre notre place dans l'univers, en puisant dans diverses traditions spirituelles et dans notre compréhension scientifique du monde. »

Thomas s'arrêta, sentant l'importance de ce moment. « Je ne renie pas mon passé, Julien. Je l'emporte avec moi. Les vérités profondes que j'ai trouvées dans le christianisme – l'importance de l'amour, de la compassion, de la communauté – restent précieuses. Mais je dois être honnête avec moi-même et avec vous : je ne peux plus prétendre adhérer à des dogmes qui ne résonnent plus en moi. »

Julien hocha lentement la tête, visiblement touché par cette franchise. « Merci pour ton honnêteté », dit-il avant de se rasseoir.

Une autre main se leva – celle d'un jeune homme d'une vingtaine d'années, Lucas, qui avait perdu ses parents lors de la grande pandémie.

« Est-ce que... est-ce que tu reviendras nous voir ? » demanda-t-il, sa voix trahissant une vulnérabilité qu'il tentait habituellement de dissimuler.

Thomas sourit avec chaleur. « Bien sûr, Lucas. Ce n'est pas un départ définitif. Et quand Mornay et Saint-Léger établiront des liens plus formels, les visites dans les deux sens deviendront régulières. » Il élargit son regard à toute l'assemblée. « Ma présence physique vous manquera peut-être, mais notre connexion demeure. Elle fait partie de ces liens invisibles mais réels qui nous unissent tous. »

L'assemblée se conclut peu après. Thomas passa le reste de la journée à dire au revoir individuellement à ceux avec qui il avait tissé des liens particuliers au fil des ans. Chaque conversation était empreinte d'émotion, mais aussi d'une étrange sérénité – comme si tous, à différents degrés, comprenaient la nécessité de ce changement.

Le soir venu, alors que le soleil déclinait à l'horizon, Thomas retourna une dernière fois à l'église. Le bâtiment endommagé n'avait pas changé, mais son regard sur lui était différent. Ce n'était plus le symbole d'une foi perdue, mais le témoin d'une époque révolue. Un vestige précieux, comme ces ruines antiques qui rappellent les civilisations passées sans pour autant dicter l'avenir.

Il s'assit dans un banc au milieu de la nef, là où il avait si souvent cherché des réponses dans le silence. Les derniers rayons du soleil filtraient à travers les vitraux fragmentés, projetant des taches de couleur sur le sol poussiéreux.

« Me voilà à nouveau, parlant dans le vide », murmura-t-il avec un sourire mélancolique. « Mais peut-être que le vide n'est pas si vide après tout. »

Il ferma les yeux, laissant son esprit s'ouvrir au calme du lieu. Non pas en prière – du moins pas dans le sens traditionnel qu'il avait pratiqué pendant des décennies – mais dans une forme de méditation consciente, une présence attentive à l'instant.

Dans ce silence, Thomas sentit une paix l'envahir. Non pas la paix artificielle qui vient d'avoir écarté les questions difficiles, mais celle, plus profonde, qui naît d'avoir embrassé l'incertitude comme partie intégrante du voyage.

« Merci », dit-il simplement avant de se lever et de quitter l'église, sans se retourner.

*****

L'aube était à peine levée lorsque Thomas quitta Mornay le lendemain. Contrairement à sa première expédition vers le monastère, il voyageait seul cette fois-ci. Jacques lui avait proposé de l'accompagner, mais Thomas avait décliné, sentant le besoin de faire ce voyage en solitaire – comme un pèlerinage personnel, une transition délibérée entre deux chapitres de sa vie.

Son sac était léger. Il n'emportait que l'essentiel – quelques vêtements, un carnet vierge, quelques livres soigneusement choisis, et un petit paquet de lettres que les habitants de Mornay lui avaient confiées pour Alex. Tout le reste – ses possessions accumulées au fil des décennies – avait été distribué à ceux qui en avaient besoin ou conservé dans une petite malle qu'Élise avait accepté de garder chez elle.

Le printemps transformait le paysage qu'il traversait. Là où, en hiver, il n'avait vu que désolation et abandon, il découvrait maintenant une nature vibrante qui reprenait ses droits. Des fleurs sauvages perçaient entre les dalles brisées des anciennes routes. Des arbustes bourgeonnaient parmi les carcasses rouillées des voitures abandonnées. La vie, obstinée, trouvait toujours son chemin.

Thomas avançait d'un pas régulier, son corps de soixante-deux ans surprenant de vigueur après ces années de travail physique imposé par leur nouvelle existence. Le soleil montait progressivement dans le ciel, réchauffant l'air frais du matin. Il sentait son esprit s'éclaircir à mesure que la distance avec Mornay augmentait – non pas qu'il cherchait à fuir son passé, mais il accueillait cette sensation de renouveau, ce sentiment d'être en mouvement plutôt qu'ancré dans la stagnation.

À mi-chemin, il fit une pause près d'un petit ruisseau pour se désaltérer et manger un morceau du pain qu'Emma lui avait préparé pour le voyage. Assis sur une pierre au bord de l'eau, il observa le courant qui s'écoulait, infatigable, reflétant les fragments de ciel bleu entre les branches.

Un souvenir émergea soudain – celui d'un livre qu'il avait lu bien avant l'effondrement, écrit par un moine bouddhiste qui comparait la conscience à une rivière, constamment changeante tout en maintenant une apparente continuité. « On ne se baigne jamais deux fois dans le même fleuve », avait écrit Héraclite des siècles auparavant. Thomas sourit à cette convergence de sagesses séparées par des millénaires et des continents.

N'était-ce pas précisément ce que les Éveillés tentaient de faire ? Tisser ensemble ces fils de compréhension qui traversaient les époques et les cultures, reconnaissant que la vérité n'était pas l'apanage d'une seule tradition, d'une seule perspective ?

Revigoré par cette réflexion, Thomas reprit sa route. Le paysage devint progressivement plus vallonné, annonçant la région où se trouvait le monastère. En milieu d'après-midi, il aperçut enfin la silhouette ocre de Saint-Léger, perchée sur sa colline.

Alors qu'il approchait, il remarqua des changements. Les jardins en terrasses s'étaient étendus, de nouvelles parcelles ayant été défrichées et plantées. Une section du mur d'enceinte, qui était en réparation lors de sa première visite, semblait désormais restaurée. Et à mi-pente, il distingua un nouveau bâtiment en construction – une structure circulaire dont la fonction n'était pas immédiatement évidente.

À l'entrée du chemin menant au monastère, une silhouette solitaire l'attendait. Thomas plissa les yeux, puis sourit en reconnaissant Alex. Le jeune homme avait changé en trois mois – son visage avait perdu sa pâleur maladive, ses épaules étaient plus droites, et ses cheveux, coupés court, lui donnaient un air plus mûr.

« Thomas ! » l'appela Alex en s'avançant à sa rencontre. « Nous guettions votre arrivée. »

Ils s'étreignirent brièvement, avec une aisance qui surprit Thomas. Leurs relations avaient toujours été empreintes d'une certaine réserve, mais quelque chose semblait avoir changé – comme si leurs parcours respectifs, bien que différents, les avaient rapprochés dans une compréhension mutuelle plus profonde.

« Tu as l'air en forme », remarqua Thomas en se reculant pour mieux l'observer.

Alex sourit. « Le travail physique et intellectuel en bonne proportion, comme dirait Gabriel. J'alterne entre le projet de bibliothèque et les jardins. Ça équilibre l'esprit et le corps. »

Ils commencèrent à remonter le chemin vers le monastère. Thomas remarqua qu'Alex marchait avec une nouvelle assurance, comme un homme qui a trouvé sa place dans le monde.

« Comment ça se passe avec le projet de préservation des connaissances ? » demanda Thomas, curieux des progrès réalisés.

Le visage d'Alex s'anima d'enthousiasme. « C'est fascinant ! Nous avons commencé par cataloguer tous les ouvrages de la bibliothèque – plus de deux mille volumes sur des sujets variés. Mais le plus important, c'est le travail de synthèse et de transcription. »

Il expliqua comment le groupe – composé de lui-même, d'Anton, d'Irène et de trois autres membres ayant un bagage scientifique – travaillait à condenser les savoirs essentiels dans des formats durables.

« Nous utilisons du papier spécial, fabriqué ici selon d'anciennes méthodes, et des encres résistantes au temps. Les connaissances sont organisées en modules interconnectés mais autonomes, pour que même si certaines parties se perdent, d'autres restent compréhensibles. »

« Qu'incluez-vous dans ces connaissances essentielles ? » demanda Thomas, impressionné par l'ampleur du projet.

« C'est là que les débats deviennent passionnants ! » Alex s'arrêta un instant, balayant du regard la vallée en contrebas. « Nous avons identifié plusieurs catégories : les connaissances pratiques immédiates – agriculture, médecine, ingénierie de base ; les sciences fondamentales – mathématiques, physique, biologie ; et ce que nous appelons les 'méta-connaissances' – la philosophie, l'éthique, les méthodes de pensée critique... »

Thomas sourit en voyant l'animation du jeune homme. C'était comme si Alex avait retrouvé non seulement un but, mais une passion – celle qui l'habitait avant l'effondrement, lorsqu'il était étudiant en informatique, fasciné par la puissance du savoir humain.

« Et ce nouveau bâtiment que j'ai aperçu ? » demanda Thomas en pointant la structure circulaire à mi-pente.

« Ah, ça. » Alex sourit mystérieusement. « C'est un projet spécial de Gabriel. Il l'appelle l'Agora. Un espace dédié au dialogue entre différentes formes de savoir – science, philosophie, spiritualité, arts... Vous verrez, c'est assez unique dans sa conception. »

Ils atteignirent finalement l'entrée du monastère. Comme lors de sa première visite, Thomas fut accueilli par la chaleur et les odeurs mêlées d'encens et de cuisine qui caractérisaient ce lieu. Mais cette fois, il n'était plus un visiteur curieux et méfiant – il était attendu comme un nouveau membre de cette communauté singulière.

Sofia fut la première à venir à sa rencontre dans la cour intérieure. Son sourire serein et son regard perspicace n'avaient pas changé.

« Bienvenue, Thomas », dit-elle simplement. « Ou devrais-je dire, re-bienvenue ? »

« Merci, Sofia. » Il regarda autour de lui, notant les petits changements dans l'organisation de l'espace. « Je vois que les choses ont évolué depuis ma dernière visite. »

« La vie est mouvement », répondit-elle. « Nous essayons de ne jamais nous figer dans des structures ou des idées immuables. Gabriel dit souvent que le jour où nous cesserons d'évoluer, nous commencerons à mourir. »

Elle le conduisit à travers les couloirs de pierre jusqu'à une petite cellule qui serait désormais la sienne. L'espace était simple mais chaleureux – un lit étroit, une table en bois, une étagère, un petit brasero pour les nuits froides, et une fenêtre qui donnait sur les jardins en contrebas. Quelqu'un avait placé un bouquet de fleurs sauvages dans un vase en terre cuite.

« Installez-vous », lui dit Sofia. « Prenez le temps de vous reposer après votre voyage. Gabriel souhaite vous voir avant le dîner, mais rien ne presse. »

Thomas acquiesça, reconnaissant de cette hospitalité discrète. Après le départ de Sofia, il déballa ses maigres possessions et s'assit sur le lit, regardant autour de lui ce qui serait son nouveau foyer pour... combien de temps ? Il ne le savait pas lui-même. Peut-être quelques mois, peut-être des années. Pour la première fois depuis longtemps, l'avenir lui semblait ouvert, non pas comme un vide angoissant, mais comme un horizon de possibilités.

Il sortit son carnet vierge et écrivit sur la première page : « L'Écho du Silence – Journal d'une renaissance spirituelle ». Puis il referma le carnet, le déposa sur la table, et se leva pour aller à la rencontre de sa nouvelle vie.

*****

Gabriel l'attendait dans les jardins, observant le coucher du soleil qui teintait le ciel de nuances orange et pourpre. À soixante ans passés, l'homme dégageait toujours cette impression de force tranquille, d'énergie contenue qui avait frappé Thomas lors de leur première rencontre.

« Ah, Thomas. » Gabriel se tourna vers lui avec un sourire chaleureux. « Comment s'est passé votre voyage ? »

« Bien. Le printemps rend les routes plus praticables. »

Gabriel acquiesça. « Le printemps... saison du renouveau. Une période appropriée pour votre arrivée, ne trouvez-vous pas ? »

Ils marchèrent côte à côte le long des allées bordées d'herbes aromatiques dont les parfums s'intensifiaient dans l'air du soir.

« Alex m'a un peu parlé de votre projet 'Agora' », commença Thomas. « Qu'est-ce exactement ? »

« Une expérimentation », répondit Gabriel. « Un espace physique conçu pour faciliter un certain type d'échange intellectuel et spirituel. Sa forme circulaire n'est pas accidentelle – elle représente l'égalité des perspectives, l'absence de hiérarchie entre les différentes formes de savoir. »

Il s'arrêta devant un plant de romarin et en frotta une branche entre ses doigts, libérant son arôme puissant. « L'un des problèmes fondamentaux de l'ancien monde était la fragmentation du savoir, la séparation artificielle entre science et spiritualité, raison et intuition, objectivité et subjectivité. Cette division a créé des angles morts catastrophiques. »

Thomas hocha la tête, comprenant ce que Gabriel suggérait. « La science sans sagesse devient destructrice. La spiritualité sans rigueur intellectuelle dérive vers la superstition. »

« Exactement. » Gabriel parut satisfait de cette formulation. « L'Agora est une tentative de créer un espace – physique et conceptuel – où ces dimensions de la connaissance humaine peuvent dialoguer plutôt que s'opposer. »

Ils reprirent leur marche, atteignant un point d'observation qui surplombait la vallée désormais plongée dans la pénombre.

« Et où est-ce que je m'intègre dans tout cela ? » demanda Thomas. « Je ne suis ni scientifique comme Irène, ni philosophe comme Anton. »

Gabriel se tourna vers lui, son regard pénétrant semblant lire au-delà des mots. « Vous êtes un pont, Thomas. Quelqu'un qui a vécu profondément dans une tradition spirituelle spécifique, qui en connaît les forces et les limites, et qui a eu le courage de la questionner sans la rejeter entièrement. »

Il fit une pause, laissant le vent du soir jouer dans ses cheveux blancs. « Nous avons besoin de gens comme vous – des personnes capables de tenir la tension entre l'ancien et le nouveau, entre la tradition et l'innovation. Des gens qui comprennent que la spiritualité authentique n'est pas une fuite de la réalité, mais une façon plus profonde de l'habiter. »

Ces mots touchèrent Thomas au plus profond. Ils nommaient quelque chose qu'il avait ressenti intuitivement mais n'avait jamais clairement formulé – ce sentiment d'être à la fois enraciné dans son passé et ouvert à un avenir radicalement différent.

« Et concrètement ? » demanda-t-il, pragmatique. « Comment puis-je contribuer au quotidien ? »

« Pour commencer, j'aimerais que vous travailliez avec Sofia sur un projet qu'elle a initié – documenter les diverses pratiques spirituelles qui émergent dans les communautés post-effondrement. Pas pour les juger ou les hiérarchiser, mais pour comprendre comment les humains recréent du sens dans un monde bouleversé. »

Thomas acquiesça, intrigué par cette proposition qui correspondait parfaitement à ses propres questionnements.

« Ensuite, vous pourriez nous aider avec le réseau. Votre connaissance de Mornay, votre légitimité auprès d'eux seront précieuses pour établir des liens durables. Non pas pour absorber leur communauté dans la nôtre, mais pour créer un échange mutuellement bénéfique. »

Gabriel marqua une pause, semblant réfléchir à quelque chose. « Et puis... il y a ce projet personnel que vous pourriez considérer. Quelque chose que je sens en vous depuis notre première rencontre. »

Thomas l'interrogea du regard.

« Vous avez une capacité rare à articuler l'expérience spirituelle dans un langage accessible, sans tomber dans le jargon religieux ou la simplicité excessive. Peut-être pourriez-vous écrire... Un témoignage de votre propre cheminement. De la foi traditionnelle que vous avez connue vers cette nouvelle compréhension qui émerge en vous. »

L'idée résonna immédiatement en Thomas. N'avait-il pas déjà commencé, d'une certaine façon, en titrant son nouveau journal ?

« Ce serait précieux », poursuivit Gabriel, « non seulement pour documenter cette période de transition, mais aussi pour aider d'autres personnes qui traversent leur propre désert spirituel. Pour leur montrer qu'il est possible de lâcher certaines certitudes sans tomber dans le nihilisme ou le désespoir. »

Thomas sentit une émotion inattendue monter en lui – pas l'exaltation d'une révélation soudaine, mais la chaleur plus subtile d'une reconnaissance. Comme si Gabriel avait identifié une vocation qui était déjà présente en lui, attendant simplement d'être nommée.

« Je crois que je pourrais faire cela », dit-il doucement. « En fait, je crois que je dois le faire. »

Gabriel sourit, satisfait. « Bien. Nous en reparlerons. Mais pour l'instant... » Il désigna le monastère où des lumières s'allumaient progressivement dans l'obscurité grandissante. « Le dîner nous attend, et la communauté est impatiente de vous accueillir formellement. »

Ils retournèrent vers le bâtiment principal, marchant côte à côte dans le crépuscule. Thomas sentait une étrange sérénité l'envahir, comme si les pièces éparses de sa vie commençaient enfin à former un tableau cohérent. Non pas que toutes ses questions aient trouvé leurs réponses – loin de là. Mais ces questions mêmes prenaient désormais une nouvelle valeur, devenant non plus des obstacles à surmonter, mais des sentiers à explorer.

*****

Le réfectoire était illuminé par des dizaines de bougies et de lampes à huile, créant une atmosphère chaleureuse qui contrastait avec la fraîcheur du soir printanier. Toute la communauté des Éveillés s'était rassemblée – une quarantaine de personnes de tous âges, depuis des enfants jusqu'à des vieillards, tous unis dans ce projet de vie commun.

À l'entrée de Thomas et Gabriel, un silence respectueux s'installa. Gabriel conduisit Thomas au centre de la pièce et s'adressa à l'assemblée.

« Amis, nous accueillons ce soir un nouveau membre dans notre communauté. Certains d'entre vous connaissent déjà Thomas, qui nous a visités cet hiver. D'autres le rencontrent pour la première fois. »

Il posa une main sur l'épaule de Thomas. « Thomas vient de Mornay, où il a joué un rôle central dans la survie et la cohésion de leur communauté. Avant l'effondrement, il était prêtre catholique – un gardien d'une tradition spirituelle millénaire. »

Des regards curieux se posèrent sur Thomas, qui se sentit soudain vulnérable sous cette attention collective.

« Mais Thomas est aussi un chercheur, un homme qui a eu le courage de questionner ses propres certitudes face aux bouleversements que nous avons tous vécus. Il vient parmi nous non pas en abandonnant son passé, mais en l'intégrant dans une quête plus large – celle d'une compréhension qui honore à la fois la sagesse ancienne et les défis de notre temps présent. »

Gabriel se tourna vers Thomas. « Y a-t-il quelque chose que vous souhaitez partager avec la communauté en ce moment d'accueil ? »

Thomas n'avait pas préparé de discours, mais les mots vinrent naturellement, émergeant d'un lieu de sincérité profonde.

« Je viens à vous avec plus de questions que de réponses », commença-t-il, sa voix calme portant dans le silence attentif. « J'ai passé la majeure partie de ma vie à croire que je détenais des vérités certaines, immuables. L'effondrement a balayé ces certitudes, comme il a balayé tant d'autres illusions de notre ancien monde. »

Il regarda les visages attentifs qui l'entouraient – des visages marqués par les épreuves, mais aussi par une résilience admirable, une curiosité intacte.

« Je ne viens pas ici pour trouver de nouvelles certitudes qui remplaceraient les anciennes. Je viens pour participer à une exploration collective – celle d'une humanité qui cherche à se réinventer sur les ruines de ce qu'elle a été. »

Il sourit, sentant une émotion sincère monter en lui. « Je viens avec tout ce que je suis – mon passé, mes doutes, mes espoirs, mes capacités limitées mais offertes de bon cœur. Je viens pour apprendre autant que pour partager. Et surtout, je viens avec gratitude pour l'accueil que vous m'offrez dans cette... cette renaissance commune. »

Ses derniers mots furent accueillis par un murmure approbateur. Gabriel sourit, visiblement touché, puis frappa doucement dans ses mains.

« Et maintenant, partageons ce repas pour célébrer cet accueil ! »

Le dîner qui suivit fut joyeux et animé. Thomas fut présenté individuellement à ceux qu'il n'avait pas rencontrés lors de sa première visite. Il découvrit la diversité des parcours qui avaient mené chacun jusqu'à Saint-Léger – d'anciens universitaires comme Irène et Anton, mais aussi des artisans, des agriculteurs, une sage-femme, un ancien militaire devenu pacifiste, une jeune artiste qui documentait en dessins la vie post-effondrement...

Chacun avait trouvé sa place dans cette mosaïque humaine, contribuant selon ses compétences au projet commun. Ce qui frappait Thomas, c'était l'absence de hiérarchie rigide. Le respect manifesté envers Gabriel ne relevait pas de la déférence aveugle due à un chef, mais de la reconnaissance naturelle pour sa sagesse et sa vision.

Après le repas, alors que la communauté se dispersait progressivement pour la nuit, Alex accompagna Thomas jusqu'à sa cellule.

« Alors, comment trouvez-vous votre premier jour parmi nous ? » demanda le jeune homme.

« Étrangement familier », répondit Thomas après un moment de réflexion. « Comme si je retrouvais quelque chose que j'avais connu autrefois, mais sous une forme nouvelle et plus... authentique. »

Alex hocha la tête, comprenant visiblement ce qu'il voulait dire. « J'ai ressenti la même chose quand je suis arrivé. Comme si j'avais enfin trouvé une communauté qui correspondait à ce que j'avais toujours cherché sans pouvoir le nommer. »

Ils s'arrêtèrent devant la porte de Thomas. La lune, presque pleine, baignait le couloir d'une lumière argentée à travers les fenêtres étroites.

« J'ai quelque chose pour vous », dit soudain Alex. Il sortit de sa poche un petit objet qu'il tendit à Thomas. C'était une pierre polie, d'un bleu profond veiné de blanc, à peu près de la taille d'une noix.

« Du lapis-lazuli », expliqua Alex. « Irène l'a trouvé lors d'une expédition dans les montagnes, il y a quelques semaines. Quand j'ai su que vous veniez, j'ai pensé... » Il hésita, soudain embarrassé par ce geste. « Dans les traditions anciennes, cette pierre était associée à la sagesse, à la vérité. On disait qu'elle aidait à trouver sa voie spirituelle. »

Thomas prit la pierre, touché par ce cadeau inattendu. Sa surface était douce sous ses doigts, et à la lumière de la lune, les veines blanches semblaient presque briller sur le fond bleu profond.

« Merci, Alex. C'est un cadeau précieux. »

Le jeune homme sourit, visiblement soulagé que son offrande soit bien reçue. « Bonne nuit, Thomas. Demain sera le premier jour de votre nouvelle vie ici. »

Après le départ d'Alex, Thomas entra dans sa cellule et s'assit sur le bord du lit, la pierre bleue toujours dans sa main. Il la fit tourner lentement, observant comment la lumière jouait sur sa surface polie. Un cadeau symbolique, certainement, mais qui résonnait profondément avec son parcours.

Il plaça la pierre sur sa table de chevet, à côté de son nouveau journal. Puis il se prépara pour la nuit, s'allongeant sur le lit étroit mais confortable. Par la fenêtre, il pouvait voir un carré de ciel étoilé, d'une clarté saisissante dans ce monde sans pollution lumineuse.

Thomas ferma les yeux, laissant son esprit vagabonder dans cet espace entre veille et sommeil où les pensées prennent parfois une clarté particulière. Des images défilaient – l'église de Mornay avec sa voûte effondrée, le visage d'Élise recevant la lettre de son fils, le cercle de feu lors de la cérémonie du solstice, le col romain abandonné sur l'autel...

Mais ces images n'étaient plus chargées de la douleur ou du doute qui les avaient accompagnées pendant si longtemps. Elles étaient simplement des moments, des étapes sur un chemin qui continuait à se déployer devant lui.

Avant de sombrer dans le sommeil, une dernière pensée traversa son esprit – une citation qu'il avait lue autrefois, attribuée à un mystique chrétien dont le nom lui échappait : « Le silence est le langage de Dieu. Tout le reste est une mauvaise traduction. »

Peut-être était-ce cela qu'il avait commencé à comprendre. Que dans l'écho du silence laissé par l'effondrement des anciennes certitudes, une vérité plus profonde pouvait enfin être entendue.

*****

Le lendemain matin, Thomas fut réveillé par la douce lumière de l'aube. Il s'habilla rapidement et sortit dans le couloir désert, guidé par une routine intérieure qui n'avait pas totalement disparu. Pendant des décennies, il s'était levé à l'aube pour ses prières matinales. L'habitude persistait, même si son contenu avait changé.

Il monta sur les remparts restaurés du monastère, cherchant un endroit tranquille pour accueillir ce nouveau jour. Là, face à l'est, il trouva Gabriel, assis en tailleur, parfaitement immobile, le visage baigné par les premiers rayons du soleil.

Thomas hésita, ne voulant pas interrompre ce qui semblait être une méditation profonde. Mais Gabriel, sans ouvrir les yeux, sourit et tapota la pierre à côté de lui en signe d'invitation.

« Rejoignez-moi, Thomas. Le lever du soleil est un moment particulier. Ni tout à fait la nuit, ni complètement le jour – un entre-deux, un seuil. Un peu comme vous en ce moment, n'est-ce pas ? »

Thomas s'assit silencieusement, adoptant instinctivement la même posture. Ensemble, ils contemplèrent l'horizon qui s'embrasait peu à peu, la lumière dorée inondant progressivement la vallée, révélant les contours du paysage, éveillant la vie.

« Chaque aube est une petite renaissance », murmura Gabriel après un long silence. « Une promesse que rien n'est jamais définitivement perdu dans l'obscurité. »

Thomas sentit ces paroles résonner en lui comme une vérité profonde, une de ces vérités qui transcendaient les dogmes et les systèmes, une vérité gravée dans la trame même de l'existence.

« J'ai longtemps cherché Dieu dans les livres, les rituels, les dogmes », dit-il doucement. « Et maintenant, je le trouve... ou quelque chose qui y ressemble... dans la simplicité d'un lever de soleil. »

Gabriel ouvrit enfin les yeux, son regard reflétant la lumière de l'aube. « Peut-être que ce 'quelque chose' a toujours été là. Peut-être que nos tentatives de le nommer, de le définir, de le contenir dans nos structures mentales étaient comme essayer d'emprisonner l'océan dans un filet. »

Il désigna l'immensité du paysage qui s'étendait devant eux. « Les mystiques de toutes traditions l'ont toujours su – que le divin, ou quel que soit le nom qu'on lui donne, n'est pas une entité séparée qu'on pourrait décrire et cataloguer, mais la toile même de la réalité. Pas quelque chose qu'on pourrait posséder ou comprendre pleinement, mais quelque chose dans quoi nous sommes immergés. »

Thomas médita ces paroles, sentant qu'elles touchaient à quelque chose d'essentiel. « C'est ce que vous enseignez ici ? »

Gabriel eut un petit rire. « Nous n'enseignons pas de doctrine, Thomas. Nous créons des espaces où chacun peut explorer par lui-même. Nous offrons des pratiques, des questions, des perspectives. Mais chaque personne doit trouver son propre chemin. »

Il se leva, s'étirant comme un chat au soleil. « Venez. Sofia vous attend pour le petit-déjeuner. Elle a hâte de vous parler de votre projet commun. »

Ils descendirent ensemble des remparts, entrant dans la cour intérieure qui s'animait progressivement. Des membres de la communauté vaquaient déjà à leurs tâches matinales – certains se dirigeant vers les cuisines, d'autres vers les jardins, quelques-uns se rassemblant pour une séance de méditation sous un grand arbre.

Thomas observait ce ballet quotidien avec un sentiment croissant d'appartenance. Non pas qu'il se sentait déjà pleinement intégré – cela prendrait du temps. Mais il percevait la possibilité de trouver sa place dans cette mosaïque humaine, d'apporter sa pierre unique à cet édifice collectif.

Sofia les attendait dans un petit jardin clos où une table simple avait été dressée pour le petit-déjeuner. Du pain frais, des fruits séchés, du fromage de chèvre, et une tisane fumante composaient leur repas – simple mais nourrissant.

« Gabriel m'a parlé de notre projet commun », commença Sofia après les salutations d'usage. « Documenter les nouvelles pratiques spirituelles émergeant dans notre monde transformé. Qu'en pensez-vous ? »

Thomas réfléchit un moment avant de répondre. « Je trouve que c'est essentiel. Non seulement pour préserver ces expressions spirituelles naissantes, mais aussi pour comprendre comment les humains recréent du sens après un tel bouleversement. »

Sofia acquiesça, ses yeux s'illuminant d'intérêt. « Exactement. C'est un moment unique dans l'histoire humaine – une sorte de laboratoire spirituel à ciel ouvert. Dans certaines communautés, les anciennes religions persistent mais se transforment. Dans d'autres, des formes entièrement nouvelles émergent. Et puis il y a ce phénomène fascinant de syncrétisme – des éléments de diverses traditions qui se combinent de façons inédites. »

Elle sortit un carnet de sa poche et le feuilleta, montrant à Thomas des notes et des croquis. « J'ai déjà commencé à documenter ce que nos voyageurs rapportent de leurs contacts avec d'autres groupes. Par exemple, dans une communauté au nord, ils ont développé une pratique qui mêle des éléments du christianisme et des rituels païens liés aux cycles agricoles. Ils célèbrent toujours l'eucharistie, mais dans un contexte de gratitude explicite envers la terre qui les nourrit. »

Thomas était fasciné. Ces hybridations, qu'il aurait autrefois considérées comme des hérésies, lui apparaissaient maintenant comme des adaptations créatives, des tentatives sincères de réconcilier des besoins spirituels profonds avec la réalité d'un monde transformé.

« Et il y a cette communauté près de l'ancienne centrale hydroélectrique », poursuivit Sofia, « qui a développé une sorte de vénération pour l'eau et l'électricité – pas dans un sens littéral ou superstitieux, mais comme symboles de forces qui soutiennent la vie et qui transcendent l'individu. »

« Une forme de panthéisme moderne », commenta Thomas.

« Exactement ! Ils ont créé des rituels autour de la production et de la conservation de l'énergie qui sont à la fois profondément spirituels et pratiquement utiles. » Elle referma son carnet. « Ce que je voudrais, c'est que nous allions ensemble à la rencontre de ces communautés. Votre formation théologique et votre expérience pastorale apporteraient une perspective précieuse à ce travail. »

Thomas sentit une excitation intellectuelle qu'il n'avait pas éprouvée depuis longtemps. Ce projet résonnait profondément avec ses propres questionnements, avec cette transformation intérieure qu'il vivait depuis l'effondrement.

« Je serais honoré de participer à cette exploration », dit-il sincèrement. « Quand commençons-nous ? »

Sofia sourit, visiblement satisfaite de son enthousiasme. « Les routes seront pleinement praticables d'ici quelques semaines, quand le printemps sera bien installé. D'ici là, nous pouvons préparer notre approche, étudier les rapports existants, peut-être même commencer à esquisser un cadre conceptuel pour notre étude. »

Ils passèrent le reste du petit-déjeuner à discuter des détails pratiques et théoriques de leur projet. Thomas était impressionné par la rigueur intellectuelle de Sofia – elle n'était pas simplement une mystique intuitive, mais une chercheuse méthodique dont l'approche rappelait celle d'une anthropologue.

Après le repas, Sofia le conduisit à la bibliothèque du monastère, où il rencontra Anton et Irène qui supervisaient le projet de préservation des connaissances. La vaste salle était organisée en sections thématiques, avec des espaces de travail où plusieurs personnes compilaient, transcrivaient et illustraient divers textes.

« Voici l'âme de notre communauté », expliqua Anton en l'accueillant. « Non pas parce que les livres sont plus importants que les personnes, mais parce que c'est ici que nous nous efforçons de préserver et de transmettre ce que l'humanité a appris au fil des millénaires. »

Thomas parcourut les rayonnages avec émerveillement. Des ouvrages scientifiques côtoyaient des textes philosophiques, des manuels pratiques voisinaient avec des recueils de poésie. Dans un coin, un groupe travaillait sur ce qui semblait être un atlas – dessinant minutieusement des cartes basées sur diverses sources.

« Nous ne cherchons pas à tout sauver », précisa Irène, notant son regard sur l'immensité de la tâche. « Ce serait impossible et peut-être même non souhaitable. Nous tentons d'identifier les connaissances véritablement essentielles, celles qui pourraient aider les générations futures à reconstruire sans répéter nos erreurs. »

Cette sélection consciente et réfléchie impressionna Thomas. Ce n'était pas une préservation aveugle, nostalgique de l'ancien monde, mais un tri minutieux guidé par une vision de l'avenir.

« Et comment définissez-vous ce qui est 'essentiel' ? » demanda-t-il, curieux de leur méthodologie.

« Ah, la grande question ! » Anton sourit, ajustant ses lunettes raccommodées. « Nous avons établi plusieurs critères : l'utilité pratique immédiate, bien sûr. La valeur fondamentale pour comprendre le monde naturel. La sagesse éthique qui pourrait guider des choix sociétaux. La beauté qui nourrit l'âme humaine... »

Il fit un geste englobant la bibliothèque. « Mais nous reconnaissons l'inévitable subjectivité de ce processus. C'est pourquoi nous avons des débats constants, des révisions collectives. Nous essayons de ne pas imposer une vision unique, mais de créer une mosaïque de perspectives. »

Thomas hocha la tête, appréciant cette humilité intellectuelle. « Et où pensez-vous que mes compétences pourraient être utiles dans ce projet ? »

Irène et Anton échangèrent un regard. « Nous avons une section sur l'évolution des traditions religieuses qui bénéficierait grandement de votre expertise », dit Irène. « Non pas pour préserver des dogmes, mais pour capturer l'essence de la quête spirituelle humaine à travers les âges. »

« Et, si vous le permettez », ajouta Anton, « nous serions intéressés par votre propre témoignage. Votre parcours – d'un système de croyances structuré vers une spiritualité plus ouverte, plus exploratoire – est emblématique de la transformation que nous vivons collectivement. »

Thomas fut touché par cette demande qui faisait écho à la suggestion de Gabriel. « Je travaille déjà sur quelque chose de ce genre », admit-il. « Un journal de ma... renaissance spirituelle, pourrait-on dire. »

« Parfait ! » s'exclama Anton. « Ce document pourrait devenir une ressource précieuse pour les générations futures qui se demanderont comment nous avons traversé cette période de transition. »

*****

Les jours se transformèrent en semaines, et les semaines en mois. Thomas s'intégra progressivement dans le rythme de vie de la communauté des Éveillés, trouvant un équilibre entre divers rôles et responsabilités.

Chaque matin, il se joignait à un petit groupe pour une méditation silencieuse au lever du soleil – une pratique qui n'était ni spécifiquement chrétienne, ni bouddhiste, ni d'aucune autre tradition particulière, mais qui puisait librement dans diverses sources de sagesse contemplative.

Une partie de ses journées était consacrée au travail avec Sofia sur leur projet de documentation des pratiques spirituelles émergentes. Ils avaient déjà effectué plusieurs voyages dans des communautés voisines, recueillant témoignages et observations avec une curiosité respectueuse.

Il contribuait également au projet de préservation des connaissances, travaillant principalement sur une synthèse de l'évolution des grandes traditions spirituelles de l'humanité – non pas comme un catalogue de croyances, mais comme une cartographie de la quête humaine de sens à travers les âges.

Et chaque soir, fidèle à sa promesse, il écrivait dans son journal, documentant non seulement les événements extérieurs, mais surtout sa transformation intérieure, ses découvertes, ses questions persistantes.

Un jour, environ six mois après son arrivée, alors que l'été déclinait vers l'automne, Thomas reçut une visite inattendue. Il travaillait dans les jardins, aidant à la récolte des légumes tardifs, quand Alex vint le chercher en courant.

« Thomas ! Des visiteurs de Mornay... Élise est avec eux ! »

Il abandonna sa tâche immédiatement et suivit Alex jusqu'à l'entrée du monastère. Là, un petit groupe de cinq personnes attendait – Emma, Jacques, Sarah, Marie, et Élise. Ils semblaient fatigués par le voyage mais souriants.

Thomas les accueillit avec joie, touché par leur présence. Après les premières salutations, Emma lui expliqua le but de leur visite.

« Le conseil a décidé d'accepter la proposition de réseau », annonça-t-elle. « Nous sommes venus pour discuter des modalités pratiques, et aussi... pour voir par nous-mêmes comment tu t'es adapté à ta nouvelle vie. »

Cette nouvelle réjouissait Thomas, qui y voyait une étape importante dans la reconstruction d'un tissu social plus large, plus résilient.

Pendant les jours qui suivirent, les visiteurs de Mornay furent intégrés dans la vie quotidienne des Éveillés. Ils participèrent aux travaux agricoles, aux séances d'étude, aux moments de célébration. Des discussions formelles eurent lieu entre les deux groupes, établissant les bases d'une collaboration qui respecterait l'autonomie de chaque communauté tout en créant des liens d'entraide et d'échange.

Un soir, alors que tous étaient rassemblés autour d'un grand feu de camp dans la cour du monastère, Gabriel invita Thomas à prendre la parole. Il se leva, regardant les visages familiers illuminés par les flammes – ceux de sa nouvelle communauté mêlés à ceux de l'ancienne, comme un pont vivant entre deux mondes.

« Il y a un an », commença-t-il, « j'étais perdu. Pas physiquement – je savais très bien où j'étais, à Mornay, dans cette église à moitié effondrée où je récitais des prières à un dieu qui semblait avoir abandonné notre monde. Mais spirituellement, j'errais dans un désert. »

Il fit une pause, laissant son regard parcourir l'assemblée. « L'effondrement avait emporté non seulement nos structures sociales, économiques, technologiques, mais aussi les fondements de ma foi. Les réponses qui m'avaient guidé toute ma vie semblaient soudain creuses, insuffisantes face à l'immensité de notre catastrophe collective. »

Le crépitement du feu ponctuait ses paroles, comme un commentaire silencieux sur la fragilité et la persistance de la vie.

« Ce que j'ai découvert ici, parmi les Éveillés, n'est pas un nouveau dogme qui aurait remplacé l'ancien. Ce n'est pas un système clé en main, pas une nouvelle religion avec ses rituels figés et ses vérités proclamées. C'est plutôt... une ouverture. Une invitation à explorer le mystère de l'existence avec honnêteté intellectuelle et profondeur spirituelle. »

Il tourna son regard vers les visiteurs de Mornay. « Ce que nous construisons ici – et ce que nous espérons construire avec vous dans ce réseau naissant – n'est pas une tentative de restaurer l'ancien monde. C'est une expérimentation collective pour en créer un nouveau qui honore ce que nous avons appris de nos erreurs passées. »

Puis il regarda les membres des Éveillés. « Et ce que j'ai appris de vous, c'est que la spiritualité authentique n'est pas une fuite de la réalité, mais une façon plus profonde de l'habiter. Qu'elle n'est pas incompatible avec la raison, mais qu'elle la complète, l'enrichit, lui donne un contexte plus vaste. »

Thomas s'interrompit, sentant l'émotion monter en lui. Dans le silence qui suivit, Gabriel se leva et vint se placer à ses côtés.

« Ce que Thomas décrit », reprit-il, « c'est l'essence même de ce que nous tentons de cultiver ici – non pas une nouvelle orthodoxie, mais un espace où l'humanité peut se réinventer. Où nous pouvons apprendre à vivre en harmonie non seulement entre nous, mais avec la totalité du monde vivant dont nous faisons partie. »

Il désigna le ciel nocturne au-dessus d'eux, où les étoiles brillaient avec une clarté saisissante. « Nos ancêtres contemplaient ce même ciel et y projetaient leurs espoirs, leurs craintes, leurs questions fondamentales. Aujourd'hui, nous connaissons la nature physique de ces étoiles – des sphères de plasma incandescent à des distances inimaginables. Mais cette connaissance n'épuise pas le mystère. Elle l'approfondit. »

Emma se leva à son tour, représentant la communauté de Mornay. « Ce que vous décrivez résonne avec ce que nous avons tenté, à notre manière, de construire à Mornay. Pas aussi... élaboré, peut-être. » Elle sourit. « Nous avons été plus préoccupés par la survie immédiate. Mais nous aussi, nous avons compris que reconstruire signifiait plus que simplement restaurer des structures physiques. »

Elle regarda Thomas avec une affection évidente. « Quand Thomas est parti, certains ont ressenti cela comme un abandon. Mais aujourd'hui, je vois que son départ était aussi un pont jeté entre nos communautés. Un début de quelque chose de plus grand que chacune d'elles individuellement. »

Les conversations se poursuivirent tard dans la nuit autour du feu, mêlant philosophie et considérations pratiques, souvenirs partagés et espoirs pour l'avenir. Thomas observait ce tableau vivant – ces personnes issues d'horizons si divers, unies dans une quête commune de sens et de connexion.

Il pensait à son journal, à ce « Écho du Silence » qu'il documentait jour après jour. Peut-être était-ce cela, finalement, qu'il avait cherché à saisir – non pas l'absence de Dieu dans le silence de l'effondrement, mais l'émergence d'une nouvelle façon de percevoir le divin. Un divin qui ne parlait plus à travers les dogmes et les institutions, mais qui résonnait dans les liens vivants entre les êtres, dans l'intelligence collective cherchant à se réinventer, dans cette capacité humaine à créer du sens même au cœur du chaos.

*****

Plus tard cette nuit-là, alors que la plupart dormaient déjà, Thomas monta sur les remparts pour contempler une dernière fois les étoiles avant de se retirer. Il y retrouva Élise, qui semblait perdue dans ses pensées.

« Je ne te dérange pas ? » demanda-t-il doucement.

Elle secoua la tête, lui faisant place à ses côtés. « Je réfléchissais à Alex. À la transformation que je vois en lui. »

Thomas acquiesça, comprenant sa préoccupation maternelle. « Il a trouvé sa voie, je crois. »

« Oui », murmura Élise. « Il m'a parlé du projet de bibliothèque, de leur travail pour préserver les connaissances. Il est... vivant d'une façon que je ne l'avais pas vu depuis l'effondrement. » Elle tourna son visage vers Thomas. « Et toi aussi, d'ailleurs. »

Thomas sourit, reconnaissant la justesse de cette observation. « C'est vrai. Quelque chose s'est réveillé en moi ici. Une possibilité que je n'avais pas imaginée. »

Ils restèrent silencieux un moment, contemplant la vallée baignée de lumière lunaire – un paysage qui portait encore les cicatrices de l'ancien monde, mais où la vie continuait obstinément à se frayer un chemin.

« Sais-tu ce qu'Alex m'a dit aujourd'hui ? » reprit Élise. « Que peut-être, l'effondrement n'était pas seulement une fin, mais aussi un commencement. Pas seulement une catastrophe, mais une opportunité d'évoluer. » Elle secoua la tête, incrédule. « Il y a un an, il était prêt à se laisser mourir de désespoir dans sa chambre. Et maintenant, il parle d'évolution collective. »

Thomas comprenait parfaitement cette transformation, l'ayant vécue lui-même. « Peut-être avait-il besoin de trouver un sens plus grand que la simple survie. Quelque chose qui transcende l'individu, qui le connecte à un tout plus vaste. »

Élise le regarda attentivement. « Et toi, Thomas, as-tu trouvé ce sens ? »

La question était directe, personnelle, mais Thomas sentit qu'elle méritait une réponse sincère. « Je crois que oui. Pas une réponse définitive, pas une vérité absolue. Mais un chemin. Un chemin d'exploration qui intègre à la fois la raison et le mystère, le savoir et l'émerveillement. »

Il désigna les étoiles au-dessus d'eux. « Je ne sais pas s'il existe un Dieu tel que je l'imaginais autrefois. Mais je sais qu'il y a quelque chose de sacré dans notre façon d'être ensemble, de créer du sens collectivement, de nous émerveiller devant la beauté du cosmos et d'honorer la fragilité précieuse de la vie. »

Élise médita ces paroles, puis hocha lentement la tête. « Je crois que je comprends. Et je crois... » Elle hésita. « Je crois que je pourrais peut-être trouver ma place ici aussi. »

Cette révélation surprit Thomas. « Tu envisages de rejoindre les Éveillés ? »

« Pas immédiatement », précisa-t-elle. « Mais peut-être, avec le temps. J'ai parlé avec Sofia aujourd'hui. Ils ont besoin de quelqu'un avec mes compétences en textile – pour fabriquer et réparer les vêtements, mais aussi pour expérimenter avec des teintures naturelles, préserver les techniques traditionnelles... »

Thomas sourit, imaginant cette possibilité – Élise et Alex réunis dans cette communauté, trouvant chacun leur voie, contribuant selon leurs capacités. « Ce serait merveilleux », dit-il sincèrement.

« Le monde que nous avons connu est mort, Thomas », murmura Élise, une certaine paix dans la voix malgré la dureté de cette vérité. « Mais nous sommes encore vivants. Et tant que nous sommes vivants, nous pouvons créer quelque chose de nouveau sur ses ruines. »

Ces mots résonnèrent profondément en Thomas. Ils résumaient, d'une façon simple mais puissante, ce qu'il avait tenté d'articuler dans son journal, dans ses conversations, dans sa propre quête spirituelle.

L'effondrement avait détruit leurs certitudes, balayé leurs structures, remis en question leurs croyances les plus ancrées. Mais il n'avait pas détruit leur capacité d'émerveillement, leur besoin de connexion, leur aspiration à la transcendance. Ces qualités humaines fondamentales persistaient, comme des braises sous les cendres, prêtes à allumer de nouveaux feux.

Thomas regarda une dernière fois le ciel étoilé avant de raccompagner Élise vers leurs quartiers. Demain serait un nouveau jour. Un jour de plus dans cette expérience collective de renaissance. Un jour de plus à explorer les possibilités qui s'ouvraient dans l'écho du silence laissé par l'effondrement.

Et dans cet écho, il entendait désormais non pas l'absence du divin, mais sa présence transformée – plus mystérieuse peut-être, moins définie, mais aussi plus authentique, plus immédiate, plus profondément intégrée à la trame même de l'existence.

FIN

LES GARDIENS DE L'AUBE

Cendres

Le premier rayon de soleil perça à travers les nuages chargés de poussière, illuminant brièvement le visage d'Elena. Elle plissa les yeux, ajusta son masque respiratoire et reprit sa marche le long de ce qui avait été autrefois une autoroute. Vingt ans après la Grande Chute, la nature avait déjà commencé à reprendre ses droits. Des plantes grimpantes envahissaient les carcasses rouillées des voitures abandonnées. Un renard traversa la route devant elle, nullement effrayé par sa présence.

Elena avait quarante-cinq ans, mais en paraissait dix de plus. Les rides qui creusaient son visage racontaient l'histoire d'une vie de survie, de pertes et de luttes incessantes. Pourtant, ses yeux verts brillaient encore d'une détermination farouche, celle qui l'avait maintenue en vie alors que la moitié de l'humanité avait succombé.

— On devrait atteindre le Refuge avant la nuit, annonça-t-elle à Mika, un jeune homme d'une vingtaine d'années qui la suivait.

Mika acquiesça silencieusement. Né juste avant l'effondrement, il appartenait à cette génération qui n'avait connu que le monde après la catastrophe. Son regard, contrairement à celui d'Elena, ne portait pas la nostalgie d'un monde perdu, mais une curiosité pragmatique face à un univers qu'il acceptait tel qu'il était.

— Tu crois vraiment qu'ils nous écouteront ? demanda-t-il finalement.

Elena soupira.

— Ils n'ont pas le choix. Si les informations que nous avons récupérées sont exactes, le nouveau virus a déjà commencé à se propager dans l'Est. Sans unité, nous ne survivrons pas à cette nouvelle vague.

Le silence retomba entre eux, seulement rompu par le crissement de leurs bottes sur l'asphalte craquelé. Elena laissa son esprit dériver, comme souvent, vers ce passé qui semblait désormais appartenir à une autre vie.

*****

2028, Université de Genève

— Vous ne pouvez pas faire ça ! s'écria Elena, frappant du poing sur la table. Nos recherches sont cruciales, surtout maintenant !

Le doyen de la faculté, un homme au visage émacié et aux yeux fatigués, secoua la tête.

— C'est terminé, docteur Alvarez. Le nouveau gouvernement a classé les recherches sur ces virus préhistoriques comme "dangereuses pour la sécurité nationale". Le laboratoire sera fermé demain.

— Mais nous sommes à deux doigts de développer un vaccin universel ! Ces virus du pergélisol se réveillent partout et vous le savez. L'épidémie en Sibérie n'est que le début...

Le doyen baissa les yeux, incapable de soutenir son regard.

— La science est désormais sous contrôle strict, Elena. Ils appellent ça la "Loi de Protection Biologique". En réalité, c'est de la censure pure et simple. Les théories sur le changement climatique sont désormais considérées comme de la "propagande anti-nationale". Nous devons nous conformer, ou...

Il laissa sa phrase en suspens, mais Elena comprit. Les disparitions de scientifiques "dissidents" avaient commencé quelques mois plus tôt.

— Alors nous continuerons en secret, déclara-t-elle d'une voix ferme. Je ne laisserai pas des politiciens ignorants condamner l'humanité.

*****

Le soleil commençait à décliner lorsqu'ils aperçurent enfin le Refuge. Autrefois un centre de recherche pharmaceutique, le complexe avait été fortifié et adapté pour accueillir la communauté scientifique clandestine qu'Elena avait contribué à former. Des panneaux solaires couvraient les toits, et des jardins verticaux grimpaient le long des murs, fournissant nourriture et oxygène aux habitants.

Deux gardes armés les accueillirent aux portes.

— Elena ! s'exclama l'un d'eux en reconnaissant la scientifique. On ne vous attendait pas si tôt.

— La situation a évolué, Tomas. Je dois voir le Conseil immédiatement.

Les lourdes portes blindées s'ouvrirent sur un monde d'activité organisée. Des dizaines de personnes circulaient dans les couloirs, certaines portant des blouses de laboratoire, d'autres transportant des fournitures ou entretenant l'équipement. C'était l'un des derniers bastions de la science organisée, peut-être même le dernier.

Au centre de la cour principale, un jardin luxuriant contrastait avec la désolation du monde extérieur. Des enfants y jouaient sous la surveillance d'adultes, leurs rires résonnant étrangement dans ce monde post-apocalyptique.

Mika observait tout avec des yeux émerveillés.

— Je n'avais jamais vu autant de monde réuni au même endroit, murmura-t-il.

Elena lui sourit tristement. Pour elle qui avait connu les métropoles grouillantes de l'ancien monde, le Refuge, avec ses quelques centaines d'habitants, n'était qu'un pâle reflet de ce qu'avait été la civilisation. Mais pour Mika, c'était une merveille.

— Docteur Alvarez ! s'exclama une voix.

Elena se retourna pour voir Sonja, une généticienne d'une soixantaine d'années, s'approcher d'un pas vif.

— Vous êtes revenue juste à temps. Le dernier échantillon que vous nous avez envoyé... nous avons obtenu des résultats préoccupants.

Elena hocha gravement la tête.

— Je m'en doutais. Réunissez le Conseil. Ce que j'ai à annoncer ne peut pas attendre.

Fractures

La salle du Conseil était en réalité l'ancien auditorium du centre de recherche, reconverti en espace de réunion et de prise de décision. Une trentaine de personnes y étaient rassemblées, représentant les différentes factions qui composaient le Refuge : scientifiques, techniciens, agriculteurs, et même quelques représentants des groupes nomades avec lesquels ils commerçaient.

Elena se tenait debout devant eux, les mains posées sur la table centrale où s'affichait une carte holographique montrant l'ancien continent européen.

— Les Sanctuaires des ultra-riches sont en train de s'effondrer les uns après les autres, annonça-t-elle sans préambule. Même avec toutes leurs ressources, ils n'ont pas pu se maintenir en isolement complet. Le Sanctuaire de Zurich est tombé le mois dernier. Celui de Norvège a été envahi par des groupes affamés. Quant à celui de Monaco, nous avons confirmation qu'un nouveau virus y a décimé la population.

Des murmures agités parcoururent l'assemblée.

— Comment pouvez-vous en être certaine ? demanda Karim, un ancien ingénieur reconverti en chef des agriculteurs.

Elena fit un signe à Mika, qui s'avança avec un petit appareil qu'il posa sur la table.

— Nous avons intercepté leurs communications, expliqua-t-elle. Ils appellent à l'aide, mais il n'y a plus personne pour les secourir. Les gouvernements fantômes qui subsistaient encore ont tous cessé d'émettre.

— Bon débarras, grommela une voix au fond de la salle. Ce sont eux qui nous ont menés à la catastrophe.

Elena leva une main apaisante.

— La vengeance ne nous nourrira pas, Ivan. Ce qui importe maintenant, c'est que nous sommes vraiment seuls. Et nous avons un problème plus urgent.

Elle fit un geste, et l'hologramme zooma sur l'Europe de l'Est.

— Le pergélisol sibérien continue de fondre à un rythme alarmant. Nos capteurs à distance ont détecté des souches virales inconnues se propageant dans la région. Mais ce n'est pas tout...

Elle marqua une pause, cherchant ses mots.

— Les données que nous avons recueillies suggèrent que ces virus évoluent rapidement, peut-être en raison de l'augmentation des radiations solaires depuis que la couche d'ozone s'est davantage dégradée. Si nous ne trouvons pas un moyen de développer une immunité ou un vaccin, la population humaine pourrait être réduite de moitié à nouveau dans les prochaines années.

Un silence pesant s'abattit sur la salle. Elena balaya du regard les visages creusés par la fatigue et l'inquiétude.

— Il y a une solution, finit-elle par dire. Mais elle exigera que nous surmontions nos différences et nos méfiances.

*****

2031, quelque part dans les Alpes

La neige tombait drue, masquant partiellement les silhouettes qui se faufilaient entre les arbres. Elena menait un petit groupe de scientifiques et d'étudiants, transportant avec eux tout ce qu'ils avaient pu sauver des laboratoires : échantillons, données, équipements portatifs.

— On ne tiendra jamais dans ces conditions, gémit l'un des étudiants, tremblant de froid malgré ses couches de vêtements.

— Nous n'avons pas le choix, répondit sèchement Elena. Les dernières universités sont fermées ou sous contrôle militaire. Notre travail est désormais considéré comme de la "bioterrorisme intellectuel".

Elle cracha ces derniers mots avec dégoût.

Un craquement retentit soudain sur leur droite. Tous se figèrent. Une silhouette émergea lentement de l'obscurité, les mains levées en signe de paix.

— Docteur Alvarez ? demanda l'inconnu. Je suis David Chen, ancien directeur du programme d'immunologie à l'OMS, avant qu'ils ne la démantèlent.

Elena plissa les yeux, méfiante.

— Comment nous avez-vous trouvés ?

— J'ai suivi votre signal crypté. Beaucoup d'entre nous l'ont fait. Des scientifiques, des médecins, des ingénieurs... Nous sommes dispersés, mais nous continuons le travail. Il existe un endroit où nous pourrions nous regrouper, un ancien centre de recherche pharmaceutique dans les montagnes. Avec vos connaissances sur ces nouveaux virus, nous pourrions...

— Pourquoi vous ferais-je confiance ? coupa Elena.

David Chen la regarda droit dans les yeux.

— Parce que la première vague du virus X-32 vient de toucher Paris. Quatre-vingt-dix pour cent de mortalité en moins d'une semaine. Stockholm est en quarantaine. Berlin va tomber dans les prochains jours. Nous n'avons plus le luxe de la méfiance, docteur Alvarez.

Elena ferma brièvement les yeux, sentant le poids de la décision à prendre.

— Montrez-nous le chemin, dit-elle finalement.

*****

— Nous devons contacter les autres groupes de survivants, déclara Elena au Conseil. Pas seulement pour commercer, mais pour former une véritable alliance.

— La plupart de ces groupes sont hostiles, objecta Karim. Les Néo-Primitifs rejettent toute technologie, les accusant d'avoir causé l'effondrement. Les Scavengers nous voleraient notre équipement à la première occasion. Quant aux communautés religieuses, elles considèrent les virus comme une punition divine.

— Sans compter les milices armées qui contrôlent encore certains territoires, ajouta Sonja avec inquiétude.

Elena hocha la tête, reconnaissant la validité de ces objections.

— C'est pourquoi nous avons besoin d'un émissaire qui puisse naviguer entre ces différents mondes. Quelqu'un qui comprenne à la fois l'ancien monde et le nouveau. Quelqu'un comme Mika.

Tous les regards se tournèrent vers le jeune homme, qui parut soudain mal à l'aise sous cette attention.

— Moi ? Je... je ne suis pas un leader.

— Tu es né juste avant l'effondrement, expliqua Elena. Tu comprends la science que nous défendons, mais tu n'es pas perçu comme un représentant de l'ancien ordre. Tu as vécu parmi les nomades, tu connais leurs coutumes. Tu as même passé du temps chez les Néo-Primitifs.

Elle s'approcha de lui, posant une main sur son épaule.

— Plus important encore, tu sais écouter. Dans ce nouveau monde, c'est peut-être la compétence la plus précieuse.

Mika regarda autour de lui, observant les visages qui attendaient sa réponse. Il pensa à son enfance dans les ruines, aux enseignements qu'Elena lui avait prodigués, aux différentes communautés qu'il avait côtoyées.

— Je ne peux pas faire ça seul, dit-il finalement.

Elena sourit.

— Tu ne seras pas seul. Je t'accompagnerai.

Un brouhaha de protestations s'éleva.

— Vous êtes trop précieuse pour le Refuge, s'exclama Sonja. Votre expertise sur les virus...

— Peut être transmise, coupa Elena. J'ai formé une nouvelle génération de chercheurs. Et mes connaissances seront inutiles si nous ne parvenons pas à unir nos forces avec les autres survivants.

Elle se tourna vers l'assemblée, son regard balayant chaque visage.

— Comprenez-moi bien : ce n'est pas une question de charité ou d'idéalisme. C'est une question de survie. Seuls, nous n'avons aucune chance contre cette nouvelle menace virale. Mais ensemble, en combinant nos ressources et nos connaissances, nous pourrions non seulement survivre, mais commencer à reconstruire.

Un silence pensif suivit ses paroles. Puis, lentement, les membres du Conseil commencèrent à hocher la tête.

— Combien de temps avons-nous ? demanda Karim.

Elena échangea un regard avec Sonja.

— D'après nos projections, six mois avant que la nouvelle souche n'atteigne l'Europe occidentale. Peut-être un an avant qu'elle ne touche notre région.

— Alors vous avez six mois pour accomplir un miracle, conclut Karim. Dieu vous garde, Elena. Et toi aussi, jeune homme.

Horizons

Le vent soufflait sur les hauts plateaux, agitant les hautes herbes qui avaient envahi ce qui avait été autrefois des champs cultivés. Elena et Mika progressaient lentement, suivis par un petit groupe de trois personnes : Lian, une médecin chinoise spécialiste en immunologie ; Rafael, un ancien militaire reconverti en garde du corps ; et Zoe, une jeune femme de dix-huit ans née après l'effondrement, experte en communications et en électronique récupérée.

Leur première destination était la communauté des Jardiniers, un groupe qui s'était consacré à la préservation des semences et à la réintroduction d'espèces végétales adaptées au climat changeant.

— Ils ne sont pas hostiles à la technologie, expliqua Elena à Mika, mais ils sont méfiants envers tout ce qui rappelle l'industrialisation massive de l'ancien monde. Ils nous écouteront si nous leur parlons en termes de préservation et d'équilibre.

Mika acquiesça. Il observait le paysage avec attention, notant les changements subtils dans la végétation, les nouvelles espèces qui prospéraient dans ce climat plus chaud et plus imprévisible.

— La nature s'est adaptée plus vite que nous, murmura-t-il.

Elena suivit son regard.

— La nature a toujours eu cette capacité. L'humanité aussi, d'ailleurs. Mais nous avons créé un système si rigide, si dépendant de structures fragiles, qu'il n'a pas pu s'adapter quand tout s'est effondré.

Elle marqua une pause.

— C'est peut-être notre chance de faire mieux cette fois-ci. Non pas de reconstruire l'ancien monde, mais d'en créer un nouveau, plus résilient, plus en harmonie avec les cycles naturels.

Mika la regarda avec curiosité.

— Tu regrettes l'ancien monde ?

Elena sourit tristement.

— Je regrette certaines choses. La facilité de déplacement, l'accès à l'information, la diversité culturelle des grandes villes. Mais pas la surconsommation, pas la pollution, pas l'indifférence face aux signaux d'alarme que nous envoyait la planète.

— Les anciens parlent toujours de l'effondrement comme d'une tragédie, observa Mika. Mais pour ma génération, c'est simplement le monde dans lequel nous vivons. Nous n'avons pas ce sentiment de perte.

— C'est à la fois votre force et votre faiblesse, répondit Elena. Vous n'êtes pas paralysés par la nostalgie, mais vous risquez de répéter nos erreurs si vous ne comprenez pas ce qui a mené à la catastrophe.

Leur conversation fut interrompue par Rafael qui, en tête du groupe, leva soudain le poing, signal universel pour s'arrêter.

— Des cavaliers, annonça-t-il à voix basse. Ils viennent vers nous.

Elena sortit ses jumelles et observa l'horizon. Un groupe d'une dizaine de personnes à cheval approchait rapidement.

— Ce sont les Jardiniers, confirma-t-elle. Je reconnais leurs bannières vertes.

Le groupe attendit patiemment que les cavaliers les rejoignent. Leur leader, une femme à la peau sombre et aux cheveux grisonnants tressés en couronne autour de sa tête, les salua d'un geste.

— Elena Alvarez, déclara-t-elle. Voilà longtemps que le Refuge ne nous a pas envoyé d'émissaires.

— Amara, répondit Elena avec un sourire. Je suis heureuse de constater que ta communauté prospère toujours.

Amara fit un geste englobant ses compagnons.

— Nous avons accueilli de nombreux réfugiés ces derniers mois. Des gens fuyant une nouvelle maladie à l'Est.

Le visage d'Elena s'assombrit.

— C'est précisément ce dont nous devons parler. Pouvons-nous nous entretenir au calme ?

Amara hocha la tête.

— Suivez-nous.

*****

2033, ville d'Annecy en ruines

La fièvre faisait trembler Elena de tous ses membres, mais elle continuait à travailler dans le laboratoire de fortune, analysant les échantillons prélevés sur les dernières victimes.

— Tu dois te reposer, insista David. Tu ne nous seras d'aucune utilité si tu t'effondres.

— Nous n'avons pas le temps, répliqua-t-elle d'une voix faible. Le virus se propage trop vite. Les estimations parlent déjà d'un milliard de morts, David. Un milliard !

Les larmes lui montèrent aux yeux, mélange de frustration, d'épuisement et de désespoir.

— Si seulement on nous avait écoutés plus tôt. Si la recherche n'avait pas été étouffée par ces idéologues ignorants...

David posa une main sur son épaule.

— Nous ne pouvons pas changer le passé, Elena. Mais nous pouvons encore sauver l'avenir. Ce traitement expérimental que tu as développé montre des résultats prometteurs.

Elena secoua la tête.

— Il ralentit la progression, mais n'élimine pas complètement le virus. Et nous n'avons pas les moyens de le produire à grande échelle.

Un bruit attira leur attention vers l'entrée du bâtiment. Une jeune femme entra, portant un petit garçon de trois ou quatre ans dans ses bras.

— S'il vous plaît, supplia-t-elle. Mon fils... la fièvre ne cesse d'augmenter.

Elena et David échangèrent un regard. Leur stock de médicaments était presque épuisé.

— Amenez-le ici, dit finalement Elena. Nous ferons de notre mieux.

La femme s'approcha, déposant l'enfant sur une table d'examen improvisée. Le petit garçon ouvrit des yeux fiévreux, regardant Elena avec une confiance absolue qui lui brisa le cœur.

— Comment t'appelles-tu ? demanda-t-elle doucement en préparant une injection.

— Mika, répondit l'enfant d'une voix à peine audible.

*****

Le village des Jardiniers était une merveille d'ingéniosité et d'harmonie avec la nature. Construit autour et dans les ruines d'un ancien centre commercial, il combinait des structures en pierre et en bois avec des serres construites à partir des armatures métalliques et du verre récupérés. Des canaux d'irrigation savamment conçus distribuaient l'eau de pluie collectée, et des éoliennes artisanales fournissaient une modeste source d'électricité.

Elena et Mika furent conduits dans une grande salle qui avait dû être autrefois l'atrium du centre commercial. Désormais, c'était un espace de rassemblement communautaire, avec en son centre un immense jardin intérieur où poussaient des plantes médicinales et des légumes.

Amara les invita à s'asseoir sur des bancs disposés en cercle.

— Alors, demanda-t-elle sans préambule, quelle est cette menace qui vous pousse à quitter votre précieux Refuge ?

Elena expliqua la situation : les nouvelles souches virales libérées par la fonte accélérée du pergélisol, leur propagation rapide, les mutations inquiétantes observées dans les échantillons recueillis.

— Nous pensons que ces virus pourraient se propager à l'échelle mondiale en moins d'un an, conclut-elle. Sans une réponse coordonnée, la population humaine pourrait être réduite de moitié à nouveau.

Amara resta silencieuse un moment, digérant ces informations.

— Que proposez-vous exactement ? finit-elle par demander.

C'est Mika qui répondit, prenant Elena par surprise.

— Une alliance, dit-il simplement. Pas seulement entre nos deux communautés, mais entre tous les groupes de survivants. Chacun a développé des compétences, des connaissances, des ressources particulières. Les scientifiques du Refuge peuvent travailler sur un vaccin ou un traitement, mais ils ont besoin de plantes médicinales que vous cultivez. Vous avez besoin de protection contre les groupes hostiles, que d'autres communautés peuvent fournir.

Il se pencha en avant, son regard intense fixé sur Amara.

— Séparés, nous sommes vulnérables. Ensemble, nous avons une chance.

Amara le considéra longuement, puis tourna son regard vers Elena.

— Il parle bien, ton protégé. Mais les vieilles méfiances ne s'effacent pas si facilement. Beaucoup parmi nous considèrent que c'est précisément la science et la technologie qui ont mené le monde à sa perte.

— C'est l'arrogance et l'aveuglement qui ont causé notre chute, corrigea doucement Elena. Pas la connaissance en elle-même. C'est le refus d'écouter les avertissements de la science qui a précipité l'effondrement climatique.

Elle fit un geste englobant le village.

— Regarde ce que vous avez créé ici. N'est-ce pas un mariage parfait entre connaissance scientifique et respect de la nature ? Vos techniques de culture, vos systèmes d'irrigation, tout cela repose sur une compréhension profonde des écosystèmes.

Amara esquissa un sourire.

— Tu essaies de me flatter, Elena.

— J'essaie de te rappeler que science et sagesse ne sont pas incompatibles.

Un silence s'installa, seulement troublé par le murmure du vent dans les feuillages et le bourdonnement des insectes pollinisateurs.

— Il y a un rassemblement dans dix jours, annonça finalement Amara. Les représentants de plusieurs communautés se réunissent pour échanger des biens et des informations. Ce serait l'occasion de présenter votre proposition à un public plus large.

Mika échangea un regard avec Elena, qui hocha imperceptiblement la tête.

— Nous y serons, promit-il. Mais j'ai une question : pourquoi continuez-vous à organiser ces rassemblements, même en temps de crise ? N'est-ce pas risqué ?

Le regard d'Amara s'adoucit.

— Parce que l'isolement est une mort lente, jeune homme. Les humains ont besoin de connexion, d'échange, de communauté. C'est peut-être la leçon la plus importante que l'effondrement nous a enseignée : nous ne sommes forts que lorsque nous sommes ensemble.

Mika hocha la tête, pensif.

— C'est exactement ce que nous essayons de reconstruire. À plus grande échelle.

Convergences

Le lieu du rassemblement était un ancien stade sportif situé à mi-chemin entre plusieurs territoires communautaires. Des centaines de personnes y convergeaient, représentant une diversité surprenante de groupes et de modes de vie post-effondrement.

Elena observait la foule avec un mélange d'émerveillement et d'appréhension. Elle n'avait pas vu autant de personnes réunies en un seul endroit depuis des années.

— C'est impressionnant, murmura-t-elle à Mika. Je ne pensais pas qu'il restait tant de communautés organisées dans la région.

Mika sourit.

— Le monde continue, même après la fin du monde.

Ils se frayèrent un chemin à travers les étals où s'échangeaient nourriture, médicaments, outils, vêtements et connaissances. Certains groupes troquaient des objets manufacturés récupérés dans les ruines contre des produits frais. D'autres offraient leurs services : réparations mécaniques, soins médicaux, enseignement.

— Regarde, s'exclama Mika en pointant du doigt un groupe portant des vêtements colorés et ornés de symboles électroniques brodés. Ce sont les Mémoires, ils se consacrent à la préservation des connaissances numériques de l'ancien monde.

Elena observa le groupe avec intérêt.

— Nous devrions leur parler. Leurs archives pourraient contenir des informations précieuses sur les pandémies passées.

Ils s'approchèrent du campement des Mémoires, où des panneaux solaires portatifs alimentaient plusieurs ordinateurs anciens mais fonctionnels. Une femme d'une trentaine d'années, le crâne rasé couvert de tatouages représentant des circuits imprimés, les accueillit.

— Bienvenue, voyageurs. Je suis Iris, Gardienne des Données. Cherchez-vous des informations spécifiques ?

Elena s'avança.

— Je suis Elena Alvarez, du Refuge des Scientifiques. Nous recherchons des données médicales, particulièrement sur les virus émergents et les pandémies historiques.

Les yeux d'Iris s'illuminèrent de reconnaissance.

— Docteur Alvarez ! Votre nom figure dans nos archives. Vos travaux sur les virus du pergélisol étaient visionnaires.

Touchée et surprise, Elena inclina la tête.

— Malheureusement, pas assez écoutés à l'époque.

— L'histoire de l'humanité est pavée d'avertissements ignorés, répondit philosophiquement Iris. Mais nous avons préservé beaucoup de données médicales. Venez, je vais vous montrer.

Pendant qu'Elena suivait Iris vers les ordinateurs, Mika continua d'explorer le rassemblement, repérant les représentants des différentes communautés qu'ils espéraient rallier à leur cause.

Il remarqua une tension sous-jacente parmi certains groupes. Des regards méfiants étaient échangés entre les Techno-Récupérateurs, qui valorisaient la technologie sauvée des ruines, et les Néo-Primitifs, qui rejetaient tout ce qui rappelait l'ancien monde. Des gardes armés surveillaient attentivement les frontières entre différents campements.

— Première fois au Rassemblement ?

Mika se retourna pour découvrir un homme d'une cinquantaine d'années, les cheveux grisonnants mais le corps encore vigoureux, qui l'observait avec un sourire amusé.

— Ça se voit tant que ça ? répondit Mika.

— Tu as cette expression de quelqu'un qui découvre un nouveau monde. Je m'appelle Marco, je suis le porte-parole des Nomades de la Vallée.

Mika se présenta à son tour, expliquant brièvement sa mission.

— Une alliance contre une nouvelle pandémie ? répéta Marco, son expression devenant plus grave. Les rumeurs qui nous parviennent de l'Est sont effectivement inquiétantes.

— Ce ne sont pas juste des rumeurs, affirma Mika. Nous avons des preuves concrètes. Des analyses génétiques des nouvelles souches virales.

Marco le considéra avec attention.

— Et vous proposez quoi, concrètement ? Une sorte de... gouvernement mondial miniature ?

Mika secoua la tête.

— Rien d'aussi ambitieux ou rigide. Plutôt un réseau d'entraide et de partage d'informations. Chaque communauté conserverait son autonomie, mais contribuerait selon ses capacités à l'effort commun.

Marco se gratta la barbe, pensif.

— Ce sera difficile de convaincre certains groupes. Les blessures de l'effondrement sont encore vives, et la méfiance règne.

— C'est précisément pourquoi nous avons besoin de personnes comme vous, qui voyagez entre les communautés, qui comprenez leurs préoccupations et leur langage.

Un sourire apparut sur le visage du nomade.

— Tu sais parler aux gens, jeune homme. Viens avec moi, il y a quelqu'un que tu devrais rencontrer.

*****

2037, dans les ruines d'une école primaire

Elena fixait l'enfant maigre assis en face d'elle, tentant de masquer sa surprise. Mika avait survécu. Non seulement il avait survécu au virus qui avait décimé sa communauté quatre ans plus tôt, mais il semblait avoir développé une immunité naturelle.

— Te souviens-tu de moi ? demanda-t-elle doucement.

Le garçon de huit ans plissa les yeux, puis hocha lentement la tête.

— Vous êtes la dame qui m'a donné le médicament quand j'étais malade.

Elena sourit, émue qu'il s'en souvienne malgré son jeune âge à l'époque.

— Mika, j'aimerais t'emmener avec nous. Ton sang pourrait nous aider à comprendre comment combattre ce virus. Et tu serais en sécurité, avec de la nourriture et un abri.

L'enfant regarda autour de lui, vers les autres orphelins qui survivaient dans ces ruines, partageant le peu qu'ils trouvaient.

— Et mes amis ?

Le cœur d'Elena se serra. Les ressources du Refuge étaient limitées. Ils ne pouvaient pas accueillir tous ces enfants.

— Je... nous ne pouvons pas tous les emmener, admit-elle. Mais je te promets que nous travaillerons pour créer un monde meilleur, où personne ne sera abandonné.

Mika la fixa de ses yeux étonnamment lucides pour son âge.

— Alors je viendrai. Mais un jour, je reviendrai les chercher. Tous.

Elena acquiesça, touchée par la détermination du petit garçon.

— C'est une promesse, Mika.

*****

Le soir venu, un grand feu fut allumé au centre du stade. Selon la tradition du Rassemblement, c'était le moment où les représentants des différentes communautés pouvaient prendre la parole pour adresser l'assemblée.

Elena et Mika se tenaient légèrement en retrait, observant les différents orateurs. Certains annonçaient de nouvelles routes commerciales, d'autres mettaient en garde contre des dangers régionaux, comme des zones contaminées ou des groupes hostiles.

— C'est maintenant ou jamais, murmura Elena. Tu es prêt ?

Mika prit une profonde inspiration.

— Aussi prêt que possible.

Il s'avança vers le cercle de lumière projeté par le feu. Les conversations s'éteignirent progressivement tandis que les regards convergeaient vers lui.

— Je m'appelle Mika, commença-t-il d'une voix claire qui portait étonnamment loin dans le silence de la nuit. Je viens du Refuge des Scientifiques, mais j'ai vécu parmi plusieurs de vos communautés au fil des ans.

Il laissa son regard parcourir lentement l'assemblée, s'attardant sur certains visages, établissant un contact visuel qui renforçait la connexion.

— Je suis ici pour vous parler d'une menace, mais aussi d'une opportunité. Une menace pour notre survie à tous, mais aussi une opportunité de bâtir quelque chose que l'humanité n'a jamais vraiment connu, même avant l'effondrement : une véritable coopération, basée non pas sur la domination ou l'exploitation, mais sur le respect mutuel et la reconnaissance de notre interdépendance.

Il expliqua alors la situation : les virus émergents, leur propagation rapide, les estimations alarmantes de leur impact potentiel. Mais au lieu de s'appesantir sur la peur, il orienta rapidement son discours vers les solutions.

— Chacune de vos communautés possède des connaissances, des compétences et des ressources uniques. Les Jardiniers comprennent les plantes médicinales mieux que quiconque. Les Nomades connaissent les routes sûres et les moyens de communication à distance. Les Mémoires préservent les connaissances qui pourraient nous sauver. Les Artisans peuvent fabriquer les outils dont nous avons besoin.

Sa voix s'intensifia.

— Séparés, nous sommes vulnérables. Ensemble, nous sommes plus forts que n'importe quel virus, plus résilients que n'importe quelle catastrophe. Ce n'est pas une question d'idéologie ou de pouvoir, mais de survie et d'avenir.

Un murmure parcourut l'assemblée, certains hochant la tête en signe d'approbation, d'autres échangeant des regards sceptiques.

Une femme se leva des rangs des Néo-Primitifs, leur cheffe reconnaissable à sa cape en peau d'animal ornée de symboles tribaux.

— De belles paroles, jeune homme, dit-elle d'une voix forte. Mais n'est-ce pas la science et la technologie qui nous ont menés à l'effondrement ? N'est-ce pas la quête insatiable de progrès qui a déséquilibré le climat et réveillé ces virus anciens ?

Des acclamations d'approbation s'élevèrent de son groupe.

Mika ne se laissa pas déstabiliser.

— Vous avez raison sur un point, répondit-il calmement. C'est une certaine vision du progrès qui a conduit à la catastrophe. Une vision basée sur l'extraction sans limites, sur la consommation effrénée, sur l'ignorance délibérée des avertissements.

Il fit une pause.

— Mais ce n'est pas la connaissance elle-même qui est en cause. C'est ce que nous en avons fait. Votre propre communauté utilise des connaissances médicales ancestrales pour soigner les malades, n'est-ce pas ? Vous observez les cycles de la nature pour planifier vos déplacements et vos récoltes. C'est aussi de la science, même si vous ne l'appelez pas ainsi.

La cheffe des Néo-Primitifs plissa les yeux, mais ne répondit pas immédiatement.

Un homme massif se leva à son tour, portant l'emblème des Techno-Récupérateurs.

— Et qui dirigerait cette alliance ? Vos scientifiques, je suppose ? s'enquit-il avec méfiance.

— Personne ne "dirigerait" au sens traditionnel, répondit Mika. Nous proposons un conseil où chaque communauté serait représentée équitablement. Les décisions seraient prises par consensus, non par autorité.

Elena observait la scène avec un mélange de fierté et d'anxiété. Mika se débrouillait admirablement, mais la méfiance et les divisions entre les groupes étaient profondément enracinées.

C'est alors qu'une voix s'éleva d'un coin reculé de l'assemblée.

— J'ai une question pour la scientifique qui accompagne ce jeune homme.

Tous les regards se tournèrent vers Elena, qui s'avança à son tour dans le cercle de lumière.

— Elena Alvarez, se présenta-t-elle. Je vous écoute.

L'homme qui avait parlé était âgé, ses cheveux complètement blancs et son visage profondément ridé témoignant d'une vie longue et difficile.

— Docteur Alvarez, j'ai suivi vos travaux avant l'effondrement. Vous avertissiez déjà du danger des virus du pergélisol. On ne vous a pas écoutée.

Il marqua une pause, son regard perçant fixé sur elle.

— Ma question est simple : pourquoi devrions-nous vous faire confiance maintenant, alors que votre science n'a pas pu empêcher la catastrophe ?

Un silence pesant s'abattit sur l'assemblée. Elena sentit tous les regards sur elle, attendant sa réponse. Elle prit une profonde inspiration.

— Parce que cette fois, nous ne prétendons pas avoir toutes les réponses.

Sa voix était calme mais ferme.

— Avant l'effondrement, la science était devenue arrogante. Nous pensions pouvoir tout contrôler, tout prévoir, tout résoudre avec la technologie. Nous avions tort.

Elle balaya du regard les visages attentifs.

— Ce que nous proposons aujourd'hui n'est pas un retour à cette arrogance. C'est une approche humble, où la science n'est qu'un outil parmi d'autres, où chaque forme de connaissance est valorisée, qu'elle vienne des laboratoires ou de la sagesse ancestrale.

Elle désigna Mika d'un geste.

— Ce jeune homme incarne cette nouvelle approche. Né à la charnière entre deux mondes, il comprend à la fois la valeur de la science et ses limites. Il sait que la technologie sans sagesse est vide, tout comme la tradition sans adaptation est fragile.

L'ancien hocha lentement la tête, semblant peser ses paroles.

— Nous avons besoin les uns des autres, conclut Elena. Non pas parce que nous sommes faibles séparément, mais parce que nous sommes incomplets.

Un silence méditatif suivit ses paroles. Puis, lentement, Marco des Nomades se leva.

— Les Nomades de la Vallée soutiennent cette proposition d'alliance. Nous offrons nos routes et nos messagers.

Son intervention sembla briser un barrage. Une par une, des voix s'élevèrent dans l'assemblée, offrant soutien et ressources. Pas toutes les communautés, mais suffisamment pour constituer un début prometteur.

La cheffe des Néo-Primitifs fut parmi les derniers à parler.

— Nous observerons, dit-elle simplement. Si cette alliance prouve qu'elle est différente des structures de pouvoir de l'ancien monde, alors peut-être nous rejoindrons-nous à vous.

Mika inclina la tête en signe de respect.

— C'est tout ce que nous demandons. Une chance de prouver que nous pouvons faire mieux cette fois-ci.

Alors que l'assemblée se dispersait en petits groupes discutant avec animation, Elena s'approcha de Mika.

— Tu as été extraordinaire, murmura-t-elle.

Il lui sourit, et dans ce sourire, elle vit l'enfant qu'elle avait sauvé il y a si longtemps, mais aussi l'homme qu'il était devenu, porteur d'espoir dans un monde brisé.

— Ce n'est que le début, répondit-il. Le plus dur reste à faire.

Renaissance

Un an plus tard.

Le Réseau, comme on avait fini par appeler l'alliance des communautés, avait pris forme plus rapidement que quiconque n'aurait osé l'espérer. Face à la menace commune et grâce à la diplomatie inlassable de Mika et Elena, dix-huit communautés disparates avaient surmonté leurs méfiances pour collaborer.

Le Refuge était devenu le centre névralgique de cette nouvelle organisation, transformé pour accueillir des représentants de chaque groupe. De nouveaux bâtiments avaient été construits, combinant les techniques écologiques des Jardiniers, l'ingéniosité des Techno-Récupérateurs et les connaissances architecturales préservées par les Mémoires.

Dans le laboratoire principal, Elena travaillait aux côtés de scientifiques issus de diverses communautés. L'approche était radicalement différente de celle de l'ancien monde : les connaissances en médecine traditionnelle des Néo-Primitifs étaient valorisées autant que la microbiologie moderne, les remèdes à base de plantes testés avec autant de rigueur que les composés synthétiques.

— Regarde ça, dit Elena à Sonja, pointant vers un écran d'ordinateur ancien mais fonctionnel. La combinaison de l'extrait d'écorce fourni par les Jardiniers avec le composé que nous avons synthétisé montre une efficacité de 70% contre la nouvelle souche virale.

Sonja hocha la tête, impressionnée.

— Jamais nous n'aurions pensé à cette combinaison sans leur savoir ancestral.

— Et jamais ils n'auraient pu en vérifier l'efficacité sans notre équipement, compléta Elena. C'est exactement ce que nous espérions : une véritable synergie des connaissances.

Dehors, la vie au Refuge avait également changé. Des enfants de diverses communautés jouaient ensemble dans les jardins, apprenant les uns des autres des langues et des traditions différentes. Des ateliers de formation continue permettaient à chacun d'acquérir des compétences diverses, qu'il s'agisse de médecine, d'agriculture ou de mécanique.

Mika, pour sa part, continuait à voyager entre les communautés, servant de lien et de médiateur. Il revenait justement d'une mission auprès d'un groupe isolé dans les montagnes.

Elena l'attendait à l'entrée du Refuge, souriant en le voyant approcher à cheval, accompagné de trois nouveaux visages.

— Des volontaires ? demanda-t-elle quand il mit pied à terre.

— Des guérisseurs de la communauté alpine, confirma-t-il. Ils ont accepté de partager leurs connaissances sur les plantes de haute altitude.

Il baissa la voix.

— Et ils apportent des nouvelles. Le virus a atteint leurs vallées, mais son impact est moindre que prévu. Quelque chose est en train de changer.

Elena fronça les sourcils.

— Que veux-tu dire ?

— Les symptômes sont plus légers, la mortalité plus basse. Comme si...

— Comme si le virus s'adaptait pour coexister avec nous plutôt que nous détruire, compléta Elena, pensive. C'est cohérent avec certaines de nos observations en laboratoire.

Ils marchèrent ensemble vers le bâtiment principal, où un conseil était prévu pour discuter des dernières avancées et des prochaines étapes.

— Tu sais, dit soudain Mika, je pensais à quelque chose pendant mon voyage. Nous parlons toujours de l'effondrement comme d'une fin, mais n'était-ce pas aussi un début ?

Elena le regarda avec curiosité.

— Que veux-tu dire ?

— L'ancien monde était condamné par sa propre logique. La surconsommation, l'extraction sans limite, les inégalités croissantes... C'était insoutenable. Peut-être que l'effondrement, aussi terrible qu'il ait été, était nécessaire pour que nous puissions reconstruire différemment.

Elena médita ces paroles un moment.

— Tu as peut-être raison. Ce n'est pas une consolation pour les milliards de vies perdues, mais si nous pouvons créer quelque chose de meilleur à partir des cendres...

Ils entrèrent dans la grande salle du conseil, où attendaient déjà les représentants des communautés alliées. Le contraste entre eux était saisissant : des Néo-Primitifs vêtus de peaux côtoyaient des Techno-Récupérateurs aux tenues ornées de composants électroniques, des Jardiniers aux vêtements teints de couleurs végétales discutaient avec des Mémoires aux crânes tatoués de symboles informatiques.

Et pourtant, une harmonie nouvelle émergeait de cette diversité, un respect mutuel qui aurait semblé impossible quelques mois auparavant.

Le conseil commença, chaque représentant partageant les nouvelles de sa communauté. Les rapports confirmaient ce que Mika avait observé : le virus semblait perdre en virulence, s'adaptant pour une coexistence avec ses hôtes humains plutôt que de les décimer.

— Ce n'est pas une raison pour relâcher nos efforts, souligna Elena. Nous devons continuer à développer des traitements et à renforcer notre résilience collective.

Amara des Jardiniers prit la parole.

— Nos cultures expérimentales montrent des résultats prometteurs. Les nouvelles variétés adaptées au climat changeant produisent 30%

de rendement supplémentaire. Si nous partageons ces semences entre toutes nos communautés, la sécurité alimentaire pourrait être considérablement améliorée.

D'autres rapports suivirent, chacun apportant une lueur d'espoir : de nouvelles techniques de purification d'eau, des méthodes de construction plus résistantes aux conditions météorologiques extrêmes, des systèmes de communication à longue distance restaurés.

À la fin de la réunion, alors que le soleil couchant baignait la salle d'une lumière dorée, Marco des Nomades se leva.

— Il y a un an, nous étions des étrangers méfiants les uns envers les autres. Aujourd'hui, nous sommes devenus... je n'ai pas peur de le dire, une nouvelle forme de société. Pas un retour à l'ancien monde, mais quelque chose de différent, peut-être de meilleur.

Des murmures d'approbation parcoururent l'assemblée.

— Je propose que nous formalisions cette alliance, non pas comme une structure rigide de pouvoir, mais comme un engagement mutuel à partager, à apprendre et à nous soutenir. Les Gardiens de l'Aube, voilà comment nous pourrions nous appeler, car nous veillons ensemble sur l'aube d'un nouveau jour pour l'humanité.

Le nom résonna dans la salle, trouvant un écho immédiat chez les participants. Les Gardiens de l'Aube. Une promesse de vigilance et d'espoir.

Après le conseil, Elena et Mika sortirent pour profiter des dernières lueurs du jour. Ils marchèrent jusqu'à une colline surplombant le Refuge et les terres environnantes.

Le paysage qui s'étendait devant eux portait encore les cicatrices de l'effondrement : des villes en ruines à l'horizon, des zones désolées où la pollution avait rendu la terre stérile. Mais entre ces vestiges du passé, la nature renaissait avec une vigueur étonnante. Des forêts nouvelles poussaient là où des banlieues s'étaient étendues, des prairies sauvages remplaçaient d'anciennes zones industrielles. L'air était plus pur qu'il ne l'avait été depuis des siècles, les étoiles plus visibles dans le ciel nocturne.

— Regarde, murmura Elena, pointant vers un groupe de cerfs qui traversait paisiblement une clairière en contrebas. Ils n'avaient pas été vus dans cette région depuis des décennies avant l'effondrement.

Mika sourit.

— La vie trouve toujours un chemin, n'est-ce pas ?

— Oui, et pas seulement la vie sauvage. Regarde ce que nous avons accompli en si peu de temps.

Elle désigna le Refuge illuminé par des lanternes et quelques lumières électriques alimentées par l'énergie solaire et éolienne. Des rires d'enfants montaient jusqu'à eux, ainsi que des bribes de musique.

— Nous avons perdu tant de choses, poursuivit-elle, sa voix teintée à la fois de tristesse et d'espoir. Des vies innombrables, des connaissances, des œuvres d'art, des technologies... Mais peut-être avons-nous aussi gagné quelque chose. Une perspective différente, une humilité face à la nature, une compréhension de notre interdépendance.

Mika hocha la tête, pensif.

— Les jeunes comme moi, qui n'ont pas vraiment connu l'ancien monde, nous n'avons pas la même nostalgie. Nous voyons ce monde comme il est, avec ses défis et ses possibilités. Mais nous avons besoin de la sagesse de votre génération pour ne pas répéter les mêmes erreurs.

— Et nous avons besoin de votre énergie et de votre vision nouvelle, répondit Elena. C'est cette combinaison qui nous donne une chance.

Elle posa une main sur l'épaule de Mika, un geste maternel qu'elle se permettait rarement.

— Tu te souviens de la promesse que tu m'as faite quand je t'ai emmené au Refuge ? Que tu reviendrais chercher tes amis ?

Mika sourit, surpris qu'elle s'en souvienne.

— J'étais juste un enfant.

— Mais tu n'as pas oublié cette promesse. Et d'une certaine façon, tu l'as tenue. Pas seulement pour tes amis d'alors, mais pour des communautés entières.

Un vent léger se leva, apportant avec lui le parfum des fleurs sauvages et des herbes médicinales cultivées dans les jardins du Refuge.

— Nous ne reconstruirons jamais exactement ce qui était, dit Mika après un moment de silence. Et peut-être est-ce mieux ainsi.

— Nous construirons quelque chose de différent, confirma Elena. Quelque chose qui intègre les leçons du passé et les espoirs de l'avenir.

Ils restèrent là un long moment, observant le ciel s'assombrir et les premières étoiles apparaître. Dans ce moment de calme, Elena ressentit quelque chose qu'elle n'avait pas éprouvé depuis très longtemps : non pas simplement de l'espoir, mais une véritable sérénité.

L'humanité avait survécu à son propre effondrement. Diminuée en nombre, mais peut-être grandie en sagesse. Le monde continuait sa course, indifférent aux drames qui s'y jouaient. Et dans ce cycle éternel de destruction et de renaissance, une nouvelle civilisation prenait racine, portée par des Gardiens qui veillaient sur l'aube d'un jour nouveau.

FIN

L'AUBE NOIRE

Prologue : La Chute

Nota *: Cette nouvelle s'inspire librement d'un fait d'actualité. Toute ressemblance avec des faits ou des personnes réels serait purement fortuite au-delà de cette inspiration initiale.*

> **Claire Martinet "au cœur" du détournement de fonds.** *La cheffe de file des députés du Parti de la Résurgence Nationale (PRN), "au cœur de ce système depuis début 2009", dans lequel elle s'est "inscrite avec autorité et détermination", a été déclarée coupable de complicité de détournement de fonds publics, selon le tribunal. Les douze assistants parlementaires poursuivis ont quant à eux été déclarés coupables de recel. Le parti est par ailleurs condamné à 2 millions d'euros d'amende, dont 1 million ferme.*

> **Des projets perturbés pour la présidentielle en 2027.** *La peine d'inéligibilité avec application immédiate prononcée par le*

tribunal correctionnel de Paris hypothèque la candidature de Claire Martinet à la présidentielle de 2027. Pour mener à terme cette quatrième campagne présidentielle, il faudrait qu'un procès en appel soit programmé dans un délai suffisamment rapproché et invalide ensuite le premier jugement.

Les prémices

La Décision du Tribunal

Paris, 15 avril 2025

Les caméras crépitaient tandis que Claire Martinet quittait le tribunal, entourée de ses avocats et de gardes du corps aux visages fermés. Son regard d'acier fixait un point invisible au-delà des journalistes qui se bousculaient pour obtenir une déclaration. L'expression qu'elle arborait n'était pas celle d'une femme vaincue, mais celle d'une prédatrice prête à bondir.

"Madame Martinet, allez-vous faire appel ?"

La question fusa dans la cohue médiatique. La leader du PRN s'arrêta net, se tourna vers la journaliste qui l'avait interpellée.

"Ce verdict est une mascarade politique orchestrée par un système corrompu qui craint la vérité. Je ne me soumettrai jamais à cette république vermoulue qui piétine la volonté du peuple français."

Son téléphone vibra. Un message de Victor Lenoir, son bras droit : "Plan Phénix activé. Rendez-vous au QG ce soir."

Dans la foule des journalistes, Thomas Keller, rédacteur en chef adjoint du quotidien Le Devoir, observait attentivement la scène. À quarante-trois ans, cet ancien correspondant de guerre reconverti dans le journalisme d'investigation avait suivi l'ascension du PRN depuis ses débuts. Quelque chose dans l'attitude de Martinet l'inquiétait profondément.

"Elle n'a pas l'air d'une femme qui vient de perdre," murmura-t-il à Sara Benaouda, photographe qui l'accompagnait.

"Tu crois qu'elle prépare quelque chose ?" demanda Sara en continuant à mitrailler la scène avec son appareil.

Thomas ne répondit pas immédiatement, observant Martinet qui montait dans sa berline blindée.

"Je pense qu'il faut qu'on reste vigilants cette nuit. Je vais appeler quelques sources."

La Réunion Clandestine

Le QG ne désignait pas le siège officiel du parti, mais une propriété isolée en périphérie de Versailles. Cette nuit-là, tandis qu'une pluie diluvienne s'abattait sur la région parisienne, une trentaine de personnes s'y rassemblèrent. L'élite du PRN et quelques invités triés sur le volet.

Dans la grande salle dont les fenêtres avaient été soigneusement occultées, Victor Lenoir prit la parole :

"Mes amis, l'heure n'est plus aux demi-mesures. Le système vient de déclarer ouvertement la guerre à notre mouvement en destituant notre cheffe bien-aimée. Ils pensent nous avoir vaincus par leurs manœuvres juridiques, mais ils ignorent que nous nous préparons depuis des années à ce moment."

Claire Martinet se leva à son tour, son visage illuminé par la lueur des lampes tamisées.

"La République est moribonde. Elle n'a plus la force ni la légitimité pour gouverner notre nation. Notre mouvement compte désormais plus de cinquante mille membres des Forces de l'Ordre et de l'Armée. Nos cellules dormantes sont prêtes. Le Plan Phénix n'est plus une hypothèse, c'est notre réalité."

Un homme en costume sombre se détacha de l'assemblée. Le colonel Dussault, ancien des forces spéciales reconverti en chef de la sécurité du parti.

"Nos unités sont positionnées. Nous attendions votre signal, madame."

Claire hocha la tête. "L'Opération Aurore Patriotique commence ce soir."

Quelque temps après, dans un petit appartement du 20ème arrondissement de Paris, Thomas Keller recevait un appel crypté d'une source au sein de la Gendarmerie nationale. Le journaliste écoutait attentivement, son visage se décomposant au fil des informations.

"Tu es certain de ça, Marc ?" demanda-t-il, la voix tendue.

"Absolument," répondit la voix à l'autre bout du fil. "Des mouvements inhabituels dans plusieurs casernes. Des permissionnaires rappelés d'urgence. Et surtout, un code étrange qui circule : 'Phénix s'éveille'."

Thomas raccrocha, puis composa immédiatement un autre numéro, celui d'Antoine Vasseur, un ancien camarade de lycée devenu conseiller à la présidence de la République.

"Antoine, c'est Thomas. Je crois que le PRN prépare quelque chose de grave. Très grave."

"Thomas, tu sais quelle heure il est ? Je ne peux pas..."

"Écoute-moi ! J'ai des sources dans la Gendarmerie qui me confirment des mouvements suspects. Je crois qu'ils tentent un coup d'État."

Un silence pesant s'installa à l'autre bout de la ligne.

"Je vais alerter qui de droit. Mais franchement, Thomas, un coup d'État ? En France ? En 2025 ?"

"L'Histoire a montré que les démocraties peuvent tomber en quelques heures, Antoine. Fais passer l'alerte, je t'en supplie."

L'Infiltration

Le PRN avait patiemment tissé sa toile. Depuis plus de cinq ans, le parti recrutait méthodiquement au sein des forces de l'ordre, de l'armée et des administrations stratégiques. Un travail de fourmi, discret mais implacable.

Les "Sentinelles", le réseau paramilitaire clandestin du parti, comptaient près de huit mille membres actifs. Des policiers, des gendarmes, des militaires, mais aussi des agents de sécurité privée, tous formés dans des camps d'entraînement camouflés en "stages de survie" ou en "séminaires de cohésion".

Cette nuit-là, à travers tout le pays, des messages codés furent envoyés. Des caches d'armes furent ouvertes. Des véhicules non identifiables prirent position aux abords des centres de pouvoir.

À Paris, des fonctionnaires infiltrés désactivèrent discrètement certains systèmes de sécurité, modifièrent des plannings de garde, créèrent des failles dans le dispositif de protection des institutions.

À 3h du matin, les communications officielles de l'État subirent une panne massive inexpliquée.

Thomas Keller tentait désespérément de joindre son contact à l'Élysée, mais toutes les lignes semblaient mortes. Il enfila sa veste, glissa son dictaphone et son téléphone satellite dans sa poche, et sortit précipitamment. Dans le hall de son immeuble, il croisa Sara Benaouda qui arrivait en courant.

"J'ai essayé de te joindre," dit-elle, essoufflée. "Il se passe quelque chose de grave. Des amis policiers m'ont prévenue, ils ont reçu l'ordre de ne pas intervenir, quoi qu'il arrive cette nuit."

"On va à la rédaction," décida Thomas. "Si ce que je crains est en train de se produire, il faut qu'on documente tout."

Ils montèrent dans la voiture de Sara et prirent la direction du centre de Paris. Les rues étaient étrangement calmes, presque vides. Au loin, le ciel s'illumina brièvement, suivi d'une sourde détonation.

"C'était quoi, ça ?" murmura Sara.

"Ça venait de la direction de l'Élysée," répondit Thomas, le visage grave. "Accélère."

L'aurore sanglante

La Nuit des Patriotes

Paris, 16 avril 2025, 4h30 du matin

La capitale dormait encore quand les premiers convois se mirent en mouvement. Des fourgons banalisés convergeaient vers des points stratégiques : l'Élysée, Matignon, l'Assemblée Nationale, le Sénat, le Conseil Constitutionnel.

En parallèle, des équipes plus restreintes se dirigeaient vers les domiciles des membres du gouvernement, des présidents des assemblées, des hauts magistrats.

À 4h45 précises, les unités d'assaut lancèrent l'offensive. À l'Élysée, une explosion contrôlée détruisit le poste de garde principal. Des hommes en tenue noire, cagoulés et lourdement armés, pénétrèrent dans le palais présidentiel.

Le Président de la République, réveillé en sursaut, n'eut pas le temps d'être évacué. Son service de protection, infiltré de longue date, se retourna contre lui. À 4h58, le chef de l'État était aux mains des putschistes.

Simultanément, des scènes similaires se déroulaient à travers Paris. Le Premier ministre fut capturé dans sa résidence. Les présidents de l'Assemblée et du Sénat également.

À 5h15, une première explosion secoua l'Assemblée Nationale. Une seconde suivit au Sénat. Les flammes commencèrent à dévorer les symboles de la démocratie parlementaire française.

Thomas et Sara avaient dû abandonner leur voiture à proximité de la Concorde, bloqués par des barrages improvisés. Ils poursuivirent à pied, se faufilant dans les ruelles secondaires. Depuis la rue de Rivoli, ils aperçurent les flammes qui dévoraient l'Assemblée Nationale.

"Mon Dieu," souffla Sara, braquant instinctivement son appareil photo vers le bâtiment en flammes.

Un groupe d'hommes en tenue de combat apparut soudain au coin de la rue. Thomas tira Sara derrière une rangée de voitures stationnées.

"PRN," murmura-t-il en observant leurs brassards blancs. "Ils ont vraiment fait un putsch."

Ils restèrent cachés jusqu'à ce que le groupe s'éloigne, puis reprirent leur progression vers les locaux du Devoir, situés près de République.

En chemin, ils furent témoins de scènes surréalistes : des arrestations en pleine rue, des véhicules blindés patrouillant dans Paris, des miliciens contrôlant les rares passants.

Lorsqu'ils arrivèrent enfin à leur rédaction, ils découvrirent le bâtiment sous surveillance. Deux fourgons noirs étaient stationnés devant l'entrée, et des hommes armés en sortaient des cartons de documents.

"Ils raflent les rédactions," murmura Thomas. "Ils veulent contrôler l'information."

"Qu'est-ce qu'on fait ?" demanda Sara.

Thomas réfléchit rapidement. "On va chez Karim. Son imprimerie clandestine dans le 19ème. Si on ne peut pas diffuser l'information par les canaux officiels, on utilisera les méthodes de la Résistance."

L'Aube Rouge

Le jour se levait sur un Paris méconnaissable. Des colonnes de fumée s'élevaient de plusieurs bâtiments officiels. Sur les Champs-Élysées, des véhicules blindés avançaient lentement, entourés d'hommes en uniforme noir portant un brassard blanc frappé du sigle du PRN.

À 7h00, toutes les chaînes de télévision et radios furent contraintes de diffuser un message préenregistré :

"Françaises, Français, notre patrie vient d'être sauvée. Un gouvernement de Salut National, présidé par Claire Martinet, prend désormais en main les destinées de notre nation. L'oligarchie corrompue qui vous oppressait a été neutralisée. L'ordre nouveau commence aujourd'hui. Pour votre sécurité, restez chez vous jusqu'à nouvel ordre. Les Forces Patriotiques contrôlent la situation."

Pendant ce temps, dans les préfectures du pays, des scènes similaires se déroulaient. Les préfets étaient remplacés par des "commissaires à la restauration nationale", souvent d'anciens militaires ou policiers proches du PRN.

Dans la petite imprimerie clandestine de Karim Meziane, au fond d'une cour du 19ème arrondissement, Thomas Keller, Sara Benaouda et une poignée de journalistes qui avaient échappé aux rafles écoutaient, consternés, le message diffusé par une vieille radio posée sur un établi.

"C'est un cauchemar," murmura Loïc, un jeune reporter de l'AFP. "Comment est-ce possible ?"

Thomas, qui pianotait frénétiquement sur son ordinateur portable connecté au réseau satellite, leva les yeux.

"Ils préparaient ça depuis des années. Infiltration systématique des institutions, constitution de milices paramilitaires sous couvert d'associations sportives ou patriotiques, stockage d'armes... Ils ont frappé tous les centres de pouvoir simultanément, neutralisé les communications officielles, et ils contrôlent déjà les médias."

"Internet est toujours actif," nota Karim en vérifiant sa connexion. "Mais pour combien de temps ?"

"Justement," dit Thomas, "on doit en profiter maintenant. Sara, tes photos ?"

La photographe brancha son appareil à l'ordinateur et transféra les clichés qu'elle avait pris cette nuit : l'Assemblée en flammes, les miliciens armés patrouillant dans Paris, les arrestations sommaires.

"J'envoie tout ça à mes contacts à l'étranger," décida Thomas. "Le Washington Post, la BBC, El País... Il faut que le monde sache ce qui se passe ici."

"Et après ?" demanda Loïc, le visage pâle. "On fait quoi ? On fuit ?"

Thomas secoua la tête. "Fuir pour aller où ? Et laisser qui pour témoigner, pour résister ? Non. On reste, on s'organise, et on devient les yeux et les oreilles de la résistance qui va nécessairement émerger."

Karim posa une main sur l'épaule de Thomas. "Tu réalises que tu viens de nous transformer en résistants, en ennemis officiels du nouveau régime ?"

"Nous sommes journalistes," répondit Thomas avec une détermination tranquille. "Notre devoir est de dire la vérité, surtout quand des tyrans veulent l'étouffer."

Les Milices du Renouveau

Dans les heures qui suivirent, les "Brigades Patriotiques", milices officielles du nouveau régime, investirent les rues. Vêtus d'uniformes gris et de bérets noirs, ces hommes et femmes avaient reçu des listes précises de personnes à arrêter : journalistes critiques, intellectuels opposés au parti, militants de gauche, responsables syndicaux, magistrats ayant condamné des membres du PRN, personnalités issues de l'immigration...

À Lyon, les locaux du quotidien "La Voix Citoyenne" furent incendiés après l'arrestation de sa rédaction. À Marseille, le campus universitaire fut encerclé, des professeurs et étudiants "séditieux" embarqués dans des fourgons sans plaques.

Claire Martinet, depuis le palais de l'Élysée désormais rebaptisé "Maison de la Nation", signa son premier décret : la dissolution de tous les partis politiques, syndicats et associations "hostiles à l'intérêt national".

À l'aube du troisième jour, les milices frappèrent à la porte de l'imprimerie de Karim. Heureusement, prévoyant ce risque, le groupe s'était déjà dispersé dans différentes planques à travers Paris.

Thomas avait trouvé refuge dans un petit appartement de Belleville appartenant à une ancienne source, un retraité de la DGSE qui n'avait jamais fait confiance au PRN. De là, utilisant des connexions sécurisées, il continuait à documenter les exactions du nouveau régime et à transmettre ces informations à l'étranger.

C'est là qu'il reçut un message crypté inattendu : "Aigle blessé cherche refuge. Coordonnées habituelles. Urgent."

Thomas reconnut immédiatement le code utilisé par Antoine Vasseur, son ami conseiller à l'Élysée. Il avait donc échappé à la rafle initiale. Après avoir minutieusement vérifié qu'il n'était pas suivi, Thomas se rendit au point de rendez-vous, une vieille librairie de la rue Mouffetard.

Antoine était méconnaissable. Amaigri, barbe de plusieurs jours, vêtu d'habits usés qui n'étaient manifestement pas les siens.

"Thomas," murmura-t-il en étreignant son ami. "Tu avais raison. J'ai essayé de prévenir... mais il était déjà trop tard. La garde présidentielle était infiltrée. J'ai juste eu le temps de fuir par un passage dérobé quand ils ont fait sauter le poste de contrôle."

"Le Président ?"

"Capturé. Comme presque tout le gouvernement. Quelques ministres ont réussi à s'échapper, quelques députés aussi. Ils essaient de constituer un gouvernement en exil, mais c'est chaotique."

"Et l'armée ? Tous les militaires ne peuvent pas soutenir ce coup d'État !"

"Tu as raison. Il y a des poches de résistance, notamment dans la Marine et dans certaines unités de l'Armée de Terre. Le général Saint-Clair, chef d'état-major, a refusé de reconnaître le nouveau pouvoir. Il s'est retranché avec des unités loyalistes dans la base de Toulon."

Thomas hocha la tête, pensif. "C'est un début. Mais il faut coordonner, organiser la résistance civile aussi."

"Justement," dit Antoine, baissant encore la voix. "C'est pour ça que je te cherchais. Nous avons besoin de quelqu'un comme toi, qui connaît les réseaux, qui sait communiquer subtilement. Quelqu'un que les gens écouteront."

"Tu me demandes de devenir..."

"Le porte-parole de la Résistance. Son visage. Sa voix."

Thomas resta silencieux un long moment. "Je suis journaliste, Antoine. Pas un leader politique."

"Plus maintenant, Thomas. Maintenant, tu es un homme traqué par un régime fasciste, comme nous tous. Et tu as des compétences dont nous avons désespérément besoin."

Après un long silence, Thomas hocha la tête. "D'accord. Mais à une condition : je reste indépendant. Je ne serai inféodé à aucun parti, aucune idéologie. Juste à la République et à ses valeurs."

"C'est exactement pour ça qu'on a besoin de toi," sourit tristement Antoine.

La purification

Le Discours de la Régénération

Paris, 17 avril 2025

Debout sur les marches du Palais Bourbon partiellement calciné, Claire Martinet s'adressa à la nation dans un discours retransmis par toutes les chaînes de communication :

"Notre patrie renaît aujourd'hui de ses cendres, comme le phénix. Pendant trop longtemps, la France a été pillée par des élites cosmopolites déconnectées du peuple. Aujourd'hui commence l'ère de la purification et de la régénération nationale."

Derrière elle, alignés comme des trophées, les anciens dirigeants de la République, visiblement maltraités, étaient exposés à la vindicte populaire.

"Ces traîtres seront jugés par des tribunaux d'exception pour crimes contre la nation. Mais la purification ne s'arrêtera pas là. Tous ceux qui ont collaboré avec ce système corrompu devront rendre des comptes."

Dans leur nouvelle planque, un appartement abandonné au-dessus d'une boulangerie dans le 11ème arrondissement, Thomas et son groupe improvisé de résistants regardaient le discours sur un vieux téléviseur.

"Elle parle de purification," murmura Sara, le visage blême. "Comme les nazis."

"Exactement comme les nazis," confirma Thomas. "Et ce n'est que le début."

Il se tourna vers le petit groupe rassemblé autour de lui : Sara, Karim, Loïc, Antoine, et quelques autres qui les avaient rejoints, dont deux policiers ayant refusé de se soumettre au nouveau régime.

"Nous devons nous préparer à l'étape suivante," dit-il gravement. "Ils vont cibler les minorités, tous ceux qu'ils considèrent comme 'impurs', 'non-français'. Nous devons établir des filières d'exfiltration, des caches sûres."

"Tu penses qu'ils iront jusqu'à des massacres ?" demanda l'un des policiers, incrédule.

Thomas pointa l'écran où Martinet continuait son discours haineux. "Elle vient de parler de 'purification nationale'. Que crois-tu que cela signifie ?"

Les Nuits de Cristal Françaises

La "purification" commença dès le lendemain. Dans tout le pays, les "Brigades Patriotiques" lancèrent des opérations simultanées contre les communautés désignées comme "anti-nationales".

À Paris, le quartier de Belleville fut bouclé. Des raids systématiques visèrent les commerces et habitations des citoyens d'origine étrangère. Ceux qui résistaient étaient abattus sur place. Les autres, emmenés vers des "centres de rééducation patriotique" établis à la hâte dans d'anciennes casernes désaffectées.

À Marseille, des scènes d'une violence inouïe se déroulèrent dans les quartiers nord. Des miliciens, souvent accompagnés de civils galvanisés par les discours du nouveau régime, incendièrent des immeubles entiers, pourchassant leurs habitants jusque dans les rues.

Le bilan officiel de ces trois jours de violences ciblées ne fut jamais établi, mais des témoignages clandestins évoquèrent plusieurs milliers de morts et des dizaines de milliers de disparus.

Thomas et ses compagnons n'étaient pas restés inactifs. Utilisant leurs réseaux, ils avaient mis en place des circuits d'évacuation pour les personnes menacées. Sara, grâce à ses contacts dans la communauté maghrébine, avait organisé plusieurs filières vers les quartiers périphériques, où des familles cachaient les fugitifs. Karim avait transformé son imprimerie en centre de fabrication de faux papiers.

Mais face à l'ampleur de la violence, ces efforts semblaient dérisoires. Chaque jour apportait son lot de mauvaises nouvelles, de témoignages d'horreur.

Un soir, alors que Thomas coordonnait l'évacuation d'une famille syrienne, il reçut un appel urgent de Sara.

"Thomas, ils ont encerclé Belleville. C'est un massacre. Ils tirent à vue sur tout ce qui bouge."

"Où es-tu ?" demanda Thomas, alarmé.

"Cachée dans une cave avec une vingtaine de personnes. Mais ils fouillent maison par maison."

"J'arrive."

"Non ! C'est trop dangereux. Tu es leur cible numéro un maintenant. Si tu es pris..."

Sara avait raison. Après que Thomas eut commencé à diffuser des messages de résistance sur les réseaux sociaux et via des émissions radio clandestines, le régime avait mis sa tête à prix. Son visage s'affichait sur des panneaux dans tout Paris, désigné comme "l'ennemi public numéro un".

"Je ne peux pas vous abandonner," insista Thomas.

"Tu dois rester en vie," dit Sara d'une voix ferme. "Tu es notre voix, notre espoir. Nous nous débrouillerons."

Thomas serra les poings, impuissant. "Sois prudente. Je vais contacter nos amis policiers, voir s'ils peuvent créer une diversion."

Mais il était déjà trop tard. Quelques heures plus tard, Thomas apprit que Sara et son groupe avaient été capturés et emmenés vers l'un des "Centres de Rééducation".

Cette nuit-là, dans leur planque, Thomas pleura de rage et d'impuissance. Puis, essuyant ses larmes, il s'installa devant son ordinateur et commença à écrire un nouveau message de résistance. Un message qui, dans les heures suivantes, fut imprimé clandestinement et distribué à travers toute la France, relayé par des milliers de comptes sur les réseaux sociaux encore actifs :

"Ils peuvent brûler nos maisons, ils peuvent emprisonner nos corps, mais ils ne peuvent pas enchaîner nos esprits ni briser notre détermination. Pour chaque innocent arrêté, dix résistants se lèveront. Pour chaque crime contre l'humanité, notre résolution se renforcera. La France n'est pas morte. La République n'est pas morte. Elles vivent dans chacun de nous qui refuse de se soumettre à la tyrannie. Résistez par tous les moyens. Sauvez ceux que vous pouvez. Documentez leurs crimes. Le jour viendra où ils devront rendre des comptes. Ce jour-là, nous serons là pour témoigner."

Le message était signé simplement : "*Thomas K., Voix de la Résistance*".

Les Camps du Renouveau

En moins d'une semaine, douze "Centres de Rééducation et de Valorisation du Patrimoine National" furent créés sur le territoire. D'anciennes bases militaires, reconverties à la hâte pour accueillir les "éléments à réhabiliter".

Dans ces camps, les détenus étaient soumis à un régime de travail forcé et d'endoctrinement intensif. Le matin, travaux pénibles dans des carrières ou des chantiers de construction. L'après-midi, séances de "rééducation idéologique".

Les récalcitrants disparaissaient simplement, emmenés vers des "sections spéciales" dont personne ne revenait.

Dans son bureau à l'Élysée, Claire Martinet recevait quotidiennement les rapports des commandants de ces centres. "Nous créons l'homme nouveau," se félicitait-elle auprès de son cercle rapproché. "Dans la douleur naît la pureté."

Thomas avait réussi à établir des contacts à l'intérieur de plusieurs camps, grâce à des gardiens qui doutaient de la légitimité du régime ou qui, simplement, étaient révoltés par ce qu'ils voyaient. Ces informateurs lui transmettaient régulièrement des témoignages, parfois des photos prises clandestinement.

Le journaliste documentait méticuleusement ces horreurs, constituant un dossier accablant sur les crimes du régime. Parallèlement, il continuait à émettre des messages de résistance, à organiser des réseaux d'évasion, à coordonner les actions de sabotage.

Un jour, l'un de ses contacts dans le camp de Rambouillet lui transmit une information qui le glaça : Sara Benaouda était dans le bâtiment F, le bloc réservé aux "ennemis politiques prioritaires", soumis aux interrogatoires les plus brutaux.

"Elle est encore en vie, mais son état se dégrade," précisait le message. "Elle refuse de parler, de dénoncer qui que ce soit. Ils redoublent de violence."

Cette nuit-là, Thomas prit la décision la plus difficile de sa vie. Une décision qui allait transformer la nature même de la résistance.

"Nous devons la sortir de là," annonça-t-il à son groupe désormais élargi à une vingtaine de résistants. "Et pas seulement elle. Nous devons frapper ce camp, libérer le maximum de prisonniers."

"C'est de la folie," objecta Antoine. "Nous ne sommes pas des militaires."

"Justement, j'ai établi un contact avec le général Saint-Clair à Toulon. Il est prêt à nous fournir des hommes et des armes. C'est l'occasion de montrer que la résistance n'est pas seulement dans l'ombre, qu'elle peut frapper directement le régime."

Un long silence suivit cette déclaration. Finalement, Karim prit la parole :

"Je suis avec toi, Thomas. Pour Sara, pour tous ceux qui souffrent là-bas."

Un à un, les autres acquiescèrent. La Résistance passive devenait active. Thomas Keller, le journaliste, devenait officiellement Thomas Keller, le chef de la Résistance.

La résistance

Les Premières Étincelles

Paris, 3 mai 2025

Malgré la terreur instaurée par le régime, des poches de résistance commencèrent à s'organiser. Des réseaux clandestins se formèrent, utilisant des méthodes de communication analogiques pour échapper à la surveillance numérique omniprésente.

Le premier acte de résistance d'envergure eut lieu à Toulouse. Un convoi de "Brigades Patriotiques" fut attaqué par un groupe armé. Cinq miliciens furent tués, leurs armes récupérées par les assaillants qui disparurent dans la nature.

Le régime répondit par une répression féroce. Cinquante otages furent prélevés au hasard dans la population toulousaine et exécutés publiquement.

Mais loin d'éteindre la flamme de la résistance, cette brutalité ne fit que l'attiser. Dans les jours qui suivirent, des actions similaires se multiplièrent à travers le pays. À Lyon, des saboteurs firent sauter une caserne servant de quartier général aux milices. À Marseille, un "commissaire à la restauration nationale" fut abattu en pleine rue.

Thomas observait ces développements avec un mélange d'espoir et d'inquiétude. Il savait que la violence appelait la violence, mais il comprenait aussi que face à la brutalité du régime, la résistance passive ne suffirait pas.

Pendant ce temps, les préparatifs pour l'opération de libération du camp de Rambouillet s'intensifiaient. Des armes fournies par les unités loyalistes de Toulon étaient acheminées discrètement. Des volontaires s'entraînaient dans des caves, des entrepôts désaffectés, des clairières isolées en forêt. Des plans détaillés du camp étaient étudiés grâce aux informations transmises par leurs contacts à l'intérieur.

Thomas, malgré son manque d'expérience militaire, se révéla être un leader naturel. Son charisme, sa détermination tranquille et sa capacité à inspirer confiance ralliaient à sa cause des personnes venues de tous horizons : anciens militaires, policiers dissidents, citoyens ordinaires révoltés par les atrocités du régime.

Un soir, alors qu'il finalisait les derniers détails de l'opération, il reçut un message inattendu de l'un de ses contacts dans le camp : "Transfert imminent de l'unité F vers destination inconnue. 48h maximum."

L'opération ne pouvait plus attendre. Il fallait agir maintenant, avant que Sara et les autres prisonniers politiques ne soient déplacés vers un lieu plus sécurisé — ou pire.

"On accélère," annonça Thomas à son équipe. "L'assaut aura lieu demain soir."

L'Opération Phénix Inverse

Rambouillet, 5 mai 2025, 23h30

La nuit était particulièrement sombre, sans lune. Idéale pour l'opération que Thomas et son équipe s'apprêtaient à lancer. Soixante résistants, répartis en trois groupes, avaient pris position autour du camp de Rambouillet. Le groupe Alpha, dirigé par un ancien officier des forces spéciales, devait neutraliser les postes de garde. Le groupe Beta, composé principalement d'anciens policiers, se chargerait d'évacuer les prisonniers. Le groupe Gamma, sous la direction directe de Thomas, devait trouver et libérer les détenus du bâtiment F.

À minuit précise, l'opération commença. Une série d'explosions ciblées détruisit les générateurs électriques du camp, plongeant l'ensemble du complexe dans l'obscurité. Profitant de la confusion, le groupe Alpha lança l'assaut sur les postes de garde, utilisant des silencieux pour neutraliser les sentinelles sans alerter l'ensemble des forces de sécurité.

Thomas, équipé d'un gilet pare-balles et d'un pistolet qu'il espérait ne pas avoir à utiliser, progressait avec son équipe vers le sinistre bâtiment F. Leur informateur les attendait à une porte latérale, qu'il avait déverrouillée discrètement.

"Dépêchez-vous," murmura le garde. "L'alarme secondaire va bientôt se déclencher."

À l'intérieur, ils découvrirent l'horreur des cellules d'interrogatoire : des instruments de torture, des murs maculés de sang, l'odeur âcre de la souffrance humaine.

Dans une cellule du fond, ils trouvèrent Sara, méconnaissable. Son visage tuméfié, son corps amaigri portaient les traces des sévices subis. Mais ses yeux, lorsqu'elle reconnut Thomas, s'illuminèrent d'une flamme inextinguible.

"Je savais que tu viendrais," murmura-t-elle tandis qu'il la détachait.

"Toujours," répondit-il simplement, la gorge nouée.

Il la souleva délicatement, tandis que les autres membres de son équipe libéraient les autres prisonniers du bloc F – journalistes, syndicalistes, intellectuels, tous coupables d'avoir défendu la démocratie.

À l'extérieur, la situation se compliquait. L'alarme générale s'était déclenchée, et les renforts des milices affluaient vers le camp. Le groupe Beta avait réussi à libérer environ deux cents prisonniers des blocs ordinaires, mais se trouvait désormais sous un feu nourri.

"On a trois minutes pour évacuer," annonça l'officier qui dirigeait le groupe Alpha dans la radio de Thomas. "Après, on ne pourra plus garantir le périmètre."

Thomas et son équipe se précipitèrent vers le point d'extraction, portant parfois les prisonniers trop affaiblis pour marcher. Dans la confusion des tirs croisés, des explosions et des cris, il gardait Sara fermement contre lui, déterminé à ne pas la perdre une seconde fois.

Lorsqu'ils atteignirent enfin les véhicules qui devaient les évacuer, Thomas réalisa l'ampleur de ce qu'ils venaient d'accomplir. Malgré des pertes – sept résistants tués, une quinzaine blessés – ils avaient libéré plus de deux cents prisonniers, dont la plupart des figures importantes de l'opposition au régime.

Mais surtout, ils avaient envoyé un message clair à Claire Martinet et à ses sbires : la Résistance n'était pas seulement un fantôme insaisissable, elle pouvait frapper au cœur même du système répressif.

Pendant que leur convoi s'éloignait dans la nuit, Thomas tenait la main de Sara, qui somnolait, épuisée. Il savait que le régime réagirait avec une brutalité redoublée. Mais pour la première fois depuis le coup d'État, il sentait que l'espoir était permis.

Le Réseau Marianne

Dans les jours qui suivirent l'audacieuse opération de Rambouillet, Thomas formalisa la structure de la résistance qu'il avait commencé à bâtir. Il baptisa l'organisation "Réseau Marianne", en hommage au symbole de la République. Ce réseau regroupait désormais des cellules actives dans toutes les grandes villes de France : anciens militaires restés fidèles à la République, policiers ayant refusé de se soumettre, magistrats entrés en clandestinité, journalistes, enseignants, médecins, étudiants, ouvriers – toute la diversité de la France unie contre l'oppression.

Chaque cellule était autonome dans ses actions quotidiennes, mais suivait des directives stratégiques élaborées par un conseil de résistance présidé par Thomas. Ce dernier, bien qu'il n'eût jamais aspiré à un tel rôle, l'assumait avec un mélange de détermination et d'humilité qui inspirait respect et loyauté.

Sara, après des semaines de convalescence, était devenue son adjointe la plus précieuse. Son expérience dans les camps lui donnait une légitimité particulière, et sa détermination farouche galvanisait les troupes.

Le Réseau Marianne multipliait les actions : sabotage d'infrastructures utilisées par le régime, libération de prisonniers, exfiltration de personnes menacées, mais aussi diffusion d'informations véridiques pour contrer la propagande officielle.

Des tracts circulaient de main en main. Des émissions radio pirates, que Thomas animait souvent lui-même, diffusaient des messages d'espoir et des consignes de résistance. Des actions symboliques – comme le drapeau tricolore hissé furtivement sur des bâtiments officiels – maintenaient vivante l'idée de la République.

À l'étranger, les gouvernements, d'abord sidérés par la rapidité du coup d'État, commencèrent à soutenir discrètement ces mouvements de résistance. Des armes, des médicaments, des moyens de communication sécurisés parvenaient aux résistants via des réseaux clandestins.

La Faille dans l'Armure

Paris, 14 juillet 2025

Jour symbolique s'il en est. Le régime avait prévu une démonstration de force sur les Champs-Élysées. Une parade militaire destinée à montrer la puissance du nouveau pouvoir et la soumission des forces armées.

Claire Martinet devait présider la cérémonie depuis une tribune d'honneur érigée place de la Concorde, entourée de l'état-major acquis à sa cause et des dignitaires du régime. Pour l'occasion, elle avait fait libérer temporairement l'ancien Président de la République et plusieurs anciens ministres, qui devaient assister à la parade en position d'humiliation publique, enchaînés comme des trophées vivants.

Thomas Keller et le Réseau Marianne ne pouvaient laisser passer une telle occasion. Pendant des semaines, ils avaient préparé ce qui devait être leur opération la plus audacieuse : frapper directement au cœur du pouvoir, devant les caméras du monde entier que le régime avait invitées pour témoigner de sa puissance.

L'opération "Quatorze Juillet" mobilisait leurs meilleures équipes. Des tireurs d'élite positionnés dans des appartements réquisitionnés avec l'aide silencieuse de leurs occupants. Des équipes d'assaut composées d'anciens membres des forces spéciales. Des artificiers qui avaient discrètement placé des charges explosives le long du parcours du défilé.

Thomas, qui coordonnait l'ensemble depuis un QG mobile installé dans une camionnette de livraison, sentait la tension monter à mesure que l'heure approchait. À ses côtés, Sara, désormais complètement rétablie, supervisait les communications.

"Toutes les équipes sont en position," annonça-t-elle. "Nous n'aurons qu'une chance."

Thomas hocha la tête, le visage grave. Il avait longuement débattu avec lui-même sur la légitimité morale d'une telle action. Frapper délibérément des individus, même les responsables d'un régime criminel, n'était pas une décision qu'il prenait à la légère. Mais après avoir vu les horreurs des camps, après avoir documenté les exécutions sommaires et les tortures, il était arrivé à la conclusion que le régime Martinet devait être arrêté par tous les moyens nécessaires.

"Donnez le feu vert," dit-il finalement.

À midi précise, alors que le défilé atteignait son apogée et que Claire Martinet se levait pour prononcer son discours, plusieurs explosions retentirent simultanément le long des Champs-Élysées. Des tireurs embusqués ouvrirent le feu depuis les toits, ciblant précisément les officiers supérieurs des milices et les dignitaires du régime. Dans la confusion, un groupe d'intervention dirigé personnellement par le général Saint-Clair, qui avait fait le voyage depuis Toulon en secret, pénétra dans la tribune officielle.

Victor Lenoir, le bras droit de Martinet, fut abattu sur place. D'autres dignitaires également. L'équipe du général parvint à libérer l'ancien Président et les ministres captifs. Mais Claire Martinet elle-même parvint à s'échapper, protégée par sa garde rapprochée qui l'évacua dans un véhicule blindé.

Thomas, observant la scène sur les écrans de contrôle dans leur QG mobile, frappa du poing sur la table. "Elle s'échappe !"

"Mais regarde," dit Sara en pointant un autre écran qui montrait les chaînes d'information internationales. "Le monde entier voit ce qui se passe. Ils voient que le régime n'est pas tout-puissant, que la résistance est réelle et forte."

Elle avait raison. Malgré l'échec de la capture de Martinet, l'opération était un succès stratégique et symbolique majeur. Pour la première fois depuis le coup d'État, les images diffusées n'étaient pas contrôlées par le régime. Le monde voyait la réalité : un pouvoir contesté, une résistance déterminée, et surtout, la preuve vivante que l'ancien Président et son gouvernement avaient été détenus dans des conditions inhumaines.

Le message était clair : le régime n'était pas invulnérable. Et désormais, la résistance disposait d'un atout supplémentaire : la présence de l'ancien chef de l'État, dont la légitimité internationale renforcerait considérablement leur cause.

La Contre-Offensive

Après l'opération du 14 juillet, la dynamique du conflit changea radicalement. La libération de l'ancien Président et de plusieurs membres de son gouvernement permit la constitution d'un gouvernement légitime en exil, qui fut rapidement reconnu par de nombreuses puissances étrangères.

Des sanctions internationales frappèrent le régime de Claire Martinet. Les avoirs étrangers furent gelés, les frontières verrouillées. Plus important encore, des soutiens militaires discrets commencèrent à parvenir aux forces de résistance, notamment via les unités loyalistes retranchées à Toulon.

Thomas Keller, dont le visage était désormais connu dans le monde entier comme celui de la résistance française, coordonnait avec le général Saint-Clair une véritable armée de l'ombre. Des milliers de citoyens ordinaires rejoignaient chaque jour les rangs du Réseau Marianne, transformant ce qui avait commencé comme un petit groupe de résistants en un mouvement national.

Le régime, acculé, redoublait de violence. Les exécutions sommaires se multipliaient. Les camps de concentration s'élargissaient. Claire Martinet, enfermée dans une paranoïa croissante, ordonnait des purges régulières au sein même de son entourage, affaiblissant davantage sa position.

Le 10 octobre 2025, ce que les historiens appelleraient plus tard "l'Opération Renaissance" débuta. Simultanément, dans tout le pays, les forces de la résistance lancèrent des attaques coordonnées contre les centres de pouvoir du régime. À Toulon, les unités loyalistes du général Saint-Clair sortirent de leur retranchement et commencèrent à progresser vers le nord, libérant les villes sur leur passage.

Thomas, accompagné de Sara et d'une unité d'élite, dirigeait personnellement l'offensive sur Paris. Les combats furent acharnés, quartier par quartier, rue par rue. La population, longtemps terrorisée, rejoignait massivement les rangs des libérateurs à mesure qu'ils avançaient.

Le 15 octobre, ils atteignirent les abords de l'Élysée, dernier bastion de Claire Martinet et de ses fidèles. Le siège dura trois jours, au cours desquels le palais présidentiel fut partiellement détruit par les bombardements.

Lorsque les forces de Thomas pénétrèrent finalement dans le bâtiment, ils ne trouvèrent que des cadavres. Claire Martinet et ses derniers fidèles s'étaient donné la mort, reproduisant dans leur bunker souterrain la fin tragique d'autres dictateurs de l'Histoire.

La Reconstruction

Paris, 28 octobre 2025

Sur le parvis de l'Hôtel de Ville de Paris, une foule immense s'était rassemblée pour assister à la proclamation officielle du rétablissement de la République. L'ancien Président, visiblement marqué par sa captivité mais déterminé, prononça un discours émouvant appelant à la réconciliation nationale tout en promettant que justice serait rendue pour les crimes commis.

À ses côtés se tenaient les héros de la résistance : le général Saint-Clair, dont les forces avaient joué un rôle crucial dans la libération du pays, et Thomas Keller, que la presse internationale surnommait désormais "la Conscience de la Résistance".

Thomas, mal à l'aise sous les acclamations de la foule, gardait un visage grave. Il savait mieux que quiconque que la victoire avait un goût amer. Tant de vies perdues, tant de souffrances endurées. La France qu'ils avaient libérée était meurtrie, traumatisée, divisée.

"Que vas-tu faire maintenant ?" lui demanda Sara, qui se tenait à ses côtés, sa main dans la sienne.

Thomas contempla la foule, ces visages où la joie se mêlait encore à la douleur, ces drapeaux tricolores qui flottaient au vent d'automne.

"Documenter, témoigner, reconstruire," répondit-il simplement. "Pour que jamais, jamais on n'oublie comment la démocratie peut mourir en une nuit, et combien il en coûte de la ressusciter."

Épilogue: Les leçons

Paris, 31 décembre 2025

Dans son nouveau bureau au Mémorial de la Résistance, installé symboliquement Place de la République, Thomas Keller mettait la dernière main à son livre, "*Six Mois de Nuit – Chronique d'un Coup d'État*". L'ouvrage, qui documentait méthodiquement la prise de pouvoir du PRN, les exactions du régime et la lutte de la résistance, était déjà en passe d'être traduit en vingt-sept langues avant même sa publication en France.

Par la fenêtre, il pouvait voir la place de la République illuminée pour les célébrations du Nouvel An. La statue de Marianne, partiellement détruite pendant les combats, avait été restaurée, mais on avait délibérément laissé visibles certaines cicatrices, témoignages physiques des épreuves traversées.

Sara entra dans le bureau, portant deux tasses de café. Depuis la libération, elle dirigeait une commission vérité et réconciliation, recueillant les témoignages des victimes et travaillant à la cicatrisation des blessures nationales. Elle avait aussi pu récupérer toutes les archives disponibles dans le QG du PRN afin de documenter son travail. Le bâtiment avait ensuite été rasé afin d'interdire à de futurs groupuscules fascistes d'en faire un lieu de pèlerinage.

"Tu as fini ?" demanda-t-elle en posant une tasse devant lui.

"Presque," répondit Thomas. "J'écris la conclusion."

"Et que dis-tu ?"

Thomas contempla la page sur son écran, les mots qu'il venait d'écrire :

> *"La démocratie n'est jamais acquise. Elle est un jardin fragile qui requiert une vigilance constante. Quand les discours de haine se normalisent, quand la violence verbale devient banale, quand les institutions sont délégitimées jour après jour, les graines de l'autoritarisme sont déjà semées.*
>
> *Notre histoire doit servir d'avertissement au monde. La nuit peut tomber avec une rapidité terrifiante. Mais elle nous enseigne aussi que même dans les ténèbres les plus profondes, la flamme de la liberté peut continuer à brûler si des hommes et des femmes ordinaires trouvent en eux le courage extraordinaire de résister.*
>
> *Car comme l'a écrit un poète anonyme de notre résistance :*
>
> *'Quand la nuit semble éternelle,*
>
> *Quand les bourreaux règnent en maîtres,*

> *C'est alors que la liberté,*
>
> *Tel un phénix immortel,*
>
> *Renaît de ses cendres encore plus forte.'*
>
> *Cette flamme, nous devons désormais la protéger comme notre bien le plus précieux. Pour que jamais plus la barbarie ne l'éteigne. Pour que jamais plus la France, ni aucune démocratie, ne revive ces six mois de nuit."*

Thomas se tourna vers Sara, qui lisait par-dessus son épaule.

"C'est parfait," dit-elle doucement.

De la place, les premières notes de la Marseillaise s'élevaient. Un nouveau jour se levait sur la République restaurée. Une République plus vigilante, plus consciente de sa fragilité, mais aussi de la force indomptable de ceux qui la défendent jusqu'au bout.

FIN